FOLIO SCIENCE-FICTION

Grégoire Courtois

# SURÉQUIPÉE

Gallimard

10290, rue Fabre
Montréal (Québec) H2C 3E2
Canada
www.lequartanier.com

Né le 20 janvier 1978, Grégoire Courtois vit et travaille en Bourgogne, à Auxerre, où il dirige la librairie indépendante Obliques. Il est l'auteur de trois romans, tous publiés au Quartanier : *Révolution* (2011), *Suréquipée* (2015) et *Les lois du ciel* (2016).

## ENREGISTREMENT
### nº 2110-01-25-001

Je reconnais l'odeur. Je suis à la maison. Deux halos bougent devant moi. Je reconnais celui de Fransen, son empreinte-père indélébile. L'autre m'est inconnu, mais, à la manière dont il danse et réagit à la voix du professeur, j'en déduis qu'il s'agit d'un élément extérieur au laboratoire, un esprit en alerte, attentif à tout ce qui se passe dans son environnement proche, à commencer par les paroles de Fransen. Il a la tête baissée sur un dispositif tactile sur lequel il pianote sporadiquement. Depuis toutes ces années, la voix de Fransen n'a presque pas changé ; légèrement plus éraillée du fait de la dégénérescence de sa trachée, mais en même temps plus aiguë, tout son spectre translaté vers de plus hautes fréquences avec l'âge. Combien de temps s'est-il écoulé depuis la dernière fois que je suis entrée dans ce laboratoire ? Trois ? Peut-être quatre ans ? Et pourtant, toujours la même odeur, comme si le revêtement synthétique stérile et ignifuge qui recouvre sol et plafond venait d'être posé.

Je sens des électrodes collées sur ma peau, rasée partiellement pour faciliter l'adhérence. Je reconnais les halos des appareils de mesure du laboratoire. Je reconnais Jane. Jane me connaît bien. Elle saura retranscrire avec fidélité mes souvenirs qui giclent en flux multiples et puissants, parfaitement ordonnés et horodatés. Fransen s'est posté face à Jane. Je vois son halo qui s'apaise. La concentration sur la tâche lui fait oublier la présence de l'élément étranger. Enfin il fait ce que personne ne fait jamais. Il m'écoute.

Fransen dit : Approchez-vous, nous allons commencer. Vous pouvez voir que, sur l'écran, la transcription apparaît d'abord sous forme écrite. Puis c'est un simple synthétiseur vocal qui rend le rapport audible.

Voix non identifiée 1 dit : Le rapport ? Vous voulez dire ses souvenirs ? Ses pensées ?

Fransen dit : Le bureau éthique vous interdirait probablement d'appeler ça des pensées. Ils parleraient de « données » ou de « flux informationnel », mais oui, dans les faits, c'est très proche. La seule chose qui distingue sa pensée de la vôtre, c'est qu'elle est incapable de formuler seule un langage. C'est là que Jane intervient. Jane est la plus avancée de nos consoles d'interprétation à ce jour. C'est de loin la plus créative. Une fois qu'on a branché les électrodes, Jane recueille les données brutes. Puis elle les interprète et enfin les passe par le filtre du langage. Grammaire, vocabulaire, énonciation. Si nous pouvons entendre penser ce modèle, si nous pouvons lire ses souvenirs, c'est uniquement grâce à Jane. Elle seule n'arriverait pas à les formuler. Les enregistrer oui, mais pas les formuler. Cette limitation est inscrite dans ses gènes sur demande du bureau éthique. Inversement, Jane ne peut rien produire *ex nihilo.* Son rôle se limite à l'interprétariat.

Je vois le halo de l'individu non identifié 1 qui oscille jusqu'à devenir très instable. La température de son corps augmente. Sa transpiration fait sensiblement varier l'hygrométrie de la pièce. Fransen semble ne pas s'en soucier.

Voix non identifiée 1 dit : Qu'elles puissent ou non les formuler, il n'empêche qu'elles ont des pensées. Alors elles pensent, non ?

Fransen dit : Peut-on penser sans langage ? C'est une question dont je laisse débattre les philosophes. Nous sommes des scientifiques. Imaginez plutôt ces enregistrements comme les boîtes noires dans les anciens avions mécaniques. C'est d'ailleurs exactement comme ça que nous nous en servons. Nous les étudions après les accidents. Ce sont des outils de travail qui nous permettent de détecter des anomalies et d'amenuiser les risques sur les modèles suivants. Et surtout ne vous laissez pas abuser par la prose légèrement lyrique de Jane. C'est un outil très efficace pour la fidélité de ses transcriptions, pas pour la concision. Elle est, comment dire, volubile.

Tous les signes vitaux de Fransen indiquent qu'il est convaincu de ce qu'il dit. Pouls régulier, température uniforme, voix et humidité de la peau régulières. Je voudrais qu'il soit touché de me retrouver. Je voudrais que Jane en dise plus. Je voudrais gronder, rugir. Mais grondement ou rugissement n'auraient d'intérêt pratique que pour moi-même. Alors l'action m'est impossible à accomplir. En ce moment même, mon corps produit un flot d'hormones inhibitrices. Déjà je suis calme, avant même d'avoir réalisé que j'étais furieuse. Fransen poursuit. Tandis qu'il parle, je cherche à déceler en lui la moindre trace de connivence, ou d'ironie, un quelconque message que moi seule serais en mesure de comprendre, et j'aimerais qu'il me comprenne. Qu'il m'écoute. Mais peut-être est-ce le cas et qu'il doit cacher à cet élément étranger, un enquêteur peut-être, tout ce qu'il pense réellement de moi et de celles de mon espèce. Alors il doit se taire. Il lit peut-être mes pensées, mais je suis aveugle. Tous mes capteurs réunis ne peuvent percer la muraille derrière laquelle reposent les convictions des hommes.

Quand nous serons seuls peut-être. Plus tard, peut-être.

Fransen dit : Pour extraire les épisodes mémoriels, nous procédons par ordre chronologique. Cela permet à Jane d'identifier les figures récurrentes et de les nommer afin d'éclairer la suite du rapport.

Voix non identifiée 1 dit : Ne vous fatiguez pas, professeur, j'ai lu la notice, je connais la procédure. Si je suis ici, c'est seulement pour déterminer si, dans le cadre de cette enquête, votre intervention répond aux critères d'intégrité. Je ne suis pas un policier. Je me moque de ce qui est arrivé à ce type le soir de Noël. Alors épargnez-moi la démonstration. Si j'ai des questions, je vous les poserai.

Fransen grimace.

Fransen dit : On m'avait bien dit que les huissiers étaient des petits plaisantins.

Enregistrement de la fonction de la voix non identifiée 1. Mise à jour du profil biométrique. Concordance avec ma base de données interne : maître Klein, huissier de justice indépendant. Fransen accompagne sa remarque d'un large sourire. L'huissier Klein continue d'afficher une mine neutre et peut-être méprisante. Il se passe quelques secondes.

Fransen dit : OK, commençons. Ce premier rapport correspond au jour de l'achat.

L'huissier Klein dit : Un an et demi avant les faits ? Vous ne pouvez pas abréger, aller directement à ce qui vous occupe ?

Fransen dit : Légalement, le bureau éthique nous impose une extraction exhaustive. Vous êtes sûr que vous avez lu la notice ?

L'huissier Klein lève la tête de l'écran tactile et fixe Fransen d'un regard sans émotion.

Fransen dit : Et en ce qui me concerne, j'ai besoin de tous les éléments possibles pour me faire une idée précise des raisons de la disparition de cet homme. Donc oui, nous allons devoir étudier près d'un an et demi de rapports.

Fransen sourit toujours, tourne les talons et demande à Jane de lancer les commandes d'extraction. J'ignore s'il ment. J'ignore s'il sait. J'ignore si se joue ici un autre jeu que celui qu'il y paraît. Les humains peuvent mentir. Nous ne pouvons que recueillir des données, et les enregistrer. J'enregistre.

ENREGISTREMENT
nº 2108-06-05-001

Une porte s'ouvre et des pas pressés foncent dans ma direction. Quatre halos.

INTERRUPTION DE L'ENREGISTREMENT
PAR L'UTILISATEUR

## ENREGISTREMENT

## n° 2110-01-25-002

L'huissier Klein dit : Qu'est-ce qu'elle veut dire par halo ? Le terme n'est pas clair.

Fransen dit : C'est le terme générique que Jane a choisi pour désigner le champ électromagnétique des êtres vivants et de certains appareils. On ne sait pas exactement comment nos modèles voient ces champs puisque nous ne possédons pas le sens qui nous permettrait de le faire, mais une sorte de halo ou d'aura qui émane des silhouettes lui est apparu comme une image relativement fidèle.

L'huissier Klein tapote sur son écran.

L'huissier Klein dit : C'est bon, reprenez.

## ENREGISTREMENT
### nº 2108-06-05-001

Une porte s'ouvre et je peux entendre des pas s'élancer à toute allure vers moi. Quatre halos. L'empreinte-propriétaire, Antoine Donnat, qui m'a amenée jusqu'ici. Un autre halo plus fin, voix localisée dans la partie haute du spectre humain, vibrations infimes sur le sol ; concordance avec une identité préenregistrée, ce doit être sa femme. Les deux derniers halos enfin, plus faibles encore et très instables : les enfants. Je suis à l'arrêt devant leur maison : façade large de douze mètres, quatre fenêtres, deux portes dont une plus large que j'identifie comme étant celle du garage. Indicateur de collision imminente. Mise en veille des systèmes anticollision. Un choc, puis un second. Les enfants viennent de me percuter. Leurs mains caressent mon pelage. L'enfant 1 a les mains plus grandes que l'enfant 2.

L'enfant 1 dit : Elle est trop douce.

L'enfant 2 dit : Elle est trop belle.

Antoine dit : Et à toi, Christine, elle te plaît ?

Confirmation de l'identité préenregistrée. Mise à jour biométrique de Christine Donnat, utilisatrice secondaire.

Je vois Christine qui frotte ses mains l'une contre l'autre. Légère sueur, nervosité. Son halo vibre de manière incompréhensible.

Christine dit : Je ne sais pas. C'est bizarre. Ça fait un peu peur.

Antoine dit : Il n'y a aucune raison d'avoir peur. Tu vois bien qu'il y en a de plus en plus dans les rues. Bientôt, tout le monde en aura une comme ça. Mais nous, on aura été les premiers dans tout le quartier.

Christine dit : Mais ce n'est pas dangereux ? Ce n'est pas méchant ?

Antoine dit : Voyons, Christine, ce n'est pas un chien. Il n'y a rien de plus sûr que ces voitures-là. Le concessionnaire m'a tout expliqué et il m'a aussi donné un code d'accès au manuel vidéo. Il existe plein de films pédagogiques pour nous aider à nous en servir. Tu verrais toutes les options. J'étais complètement perdu. Pour l'instant, c'est la seule race disponible, mais elle est déjà suréquipée. Je peux te dire qu'Olivier fera une drôle de tête quand il verra la BlackJag. Il vient de dépenser une fortune sur un nouveau 4 × 4 d'une banalité à pleurer.

Le halo de Christine ondule de plus en plus vite.

Sa température corporelle augmente. Sa posture se modifie. Elle s'apprête à dire quelque chose, se ravise, puis parle finalement.

Christine dit : Combien elle t'a coûté, d'ailleurs ?

Les muscles d'Antoine se contractent, sa respiration accélère, sa voix présente des modulations inhabituelles.

Antoine dit : Ce n'est pas donné, c'est sûr. Mais on m'a accordé une ristourne. C'est à cause du modèle. En fait, c'est un genre de modèle d'exposition, un prototype. Il n'est pas tout à fait neuf parce qu'il a servi à des présentations publiques un peu partout dans le monde. C'est une des toutes premières voitures qui est sortie du laboratoire. Elle a cinq ou six ans, d'après le vendeur. Mais bon, ça ne change rien au niveau qualité. Ça reste une voiture exceptionnelle.

L'enfant 1, le plus âgé, passe la main sur mon toit. Il me gratte tendrement. Je ronronne. J'entends les cris émerveillés des deux petits. Ce contact m'est familier, ce geste, la sensation qu'il procure. Recherche dans la base mémorielle. Récupération de l'enregistrement 2101-06-22-001. C'était il y a sept ans. Injection des données. Comparaison avec l'expérience immédiate. Analogie positive. Je me souviens.

## ENREGISTREMENT
## nº 2101-06-22-001

Fransen dit : Comment qualifieriez-vous la relation que vous entretenez avec votre voiture ?

Ils pensent tous que je ne les entends pas. Ils font comme si je n'étais pas là. Ils parlent entre eux. Pas encore de moi mais ils le feront bientôt. C'est noir. Ce n'est pas froid. Je sens. Odeur compliquée de sueur humaine et parfums artificiels. C'est noir. Mais je vois. Dix halos frétillent à cinq mètres trente-trois. Et un autre, onzième, plus proche de moi, plus fort, Jan Fransen, le professeur, l'empreinte-père, celui qui m'a créée. Je ne m'en souviens pas, mais il me l'a dit. Sans savoir que j'entendais. Comme si je n'étais pas là.

Fransen dit : Comment qualifieriez-vous la relation que vous entretenez avec votre voiture ?

Personne ne répond. Les halos rapetissent. Sauf un. Celui du milieu. Dont tout le monde attend qu'il parle pour parler aussi peut-être. Dans les silences entre les phrases de Fransen, j'entends les respirations qui se suspendent. Sauf une. Celle du milieu. Comme si tout le monde attendait d'avoir la permission pour respirer encore et ne pas tomber là mort. Je ne sais pas où je suis. Je sens tout autour, quatre murs et c'est tout. Rien ne ressemble à d'habitude. Ça ne sent pas pareil. J'analyse, groupe de données, synthèse partielle. Un garage. Je ne connais pas d'autre mot pour dire où je suis. On ne me l'a pas demandé non plus. Comme si je n'étais pas là. Comme si je n'étais personne. Fransen continue. Je connais bien sa voix. La première de toutes. Son empreinte vocale est codée en moi. Il est le propriétaire universel. J'enregistre.

Fransen dit : Comme vous le savez, nous soumettons cette question, parmi d'autres, au grand public depuis plusieurs décennies maintenant. Les réponses qui nous sont fournies déterminent une grande partie de notre stratégie commerciale.

Les halos ondulent de manière nonchalante, typique des halos humains durant les premières heures du matin, hésitant entre lent éveil et morne lassitude. Je sens le textile. Partout sur moi. Odeur synthétique. Analyse organique négative. Une bâche. Je suis au repos. On m'a couverte d'une bâche opaque. Je suis en mode veille. Conduite nulle. Aucune instruction. Je dois attendre.

Fransen dit : Pendant près d'un demi-siècle, les

valeurs d'opinion recueillies par les instituts de sondage ont été relativement stables. « Affective » l'emportait largement sur « Passionnée », tandis que les adjectifs « Indifférente » et « Amoureuse » demeuraient tous deux bons derniers. Il y a huit ans pourtant, en août 2093 pour être précis, nous avons clairement noté une évolution non négligeable de ces valeurs. Si cela nous a paru étrange à l'époque, nous pouvons aujourd'hui affirmer sans trop de risques que la modification de la relation entretenue par l'automobiliste avec sa voiture aura été largement influencée par le dernier choc pétrolier et la menace de raréfaction des transports individuels au profit des transports collectifs. Plus la voiture risquait de devenir rare, plus ceux qui en possédaient une devenaient passionnés. Il y a huit ans, donc, nous pressentions déjà que le grand public s'apprêtait à accepter une nouvelle idée de l'automobile. Une idée moins mécanique, plus affective, plus sentimentale, plus douce. En un mot, plus humaine. Si nous avions tenté, par le passé, d'humaniser nos véhicules à travers des campagnes de publicité aux slogans équivoques, ou encore en utilisant des prénoms féminins pour nommer nos modèles, le dernier pas restait à franchir. Il y a huit ans, j'ai donc eu l'honneur d'être nommé par monsieur Nathan Laroche, notre président-directeur général, à la tête de ce laboratoire dont je m'apprête aujourd'hui à vous faire profiter des premiers résultats concrets. Il y a un mois, pour la première fois depuis que nous réalisons des études d'opinion, l'adjectif « Amoureuse » est en effet passé, comme nous le pressentions, en tête des réponses. La clientèle est prête. Le public est assis au premier rang. Le monde a hâte de découvrir notre nouvelle création : la voiture cent pour cent organique.

Je sens le plastique de la bâche glisser sur mon pelage. Je l'entends tomber au sol. Plusieurs de mes capteurs se remettent à collecter des données, ceux de la vue surtout. Une forte lumière, réfléchie par des murs et un sol blancs. À ma droite, je croise l'analyse des halos avec celles des données visuelles, puis avec les enregistrements biométriques en ma possession. Aucun des individus présents n'est répertorié, à l'exception du professeur Fransen et de la silhouette centrale : Nathan Laroche, identifié dans ma base de données comme président-directeur général du groupe French Motors, dont dépend le laboratoire de Fransen, priorité numéro un. Des bruits gutturaux parcourent l'assistance, mélange d'admiration, d'émerveillement, de stupéfaction et de crainte. Les corps s'animent, se tordent, gesticulent, les yeux tournent dans leurs orbites, les mains se crispent, les halos ondoient violemment. Seul Fransen reste immobile et souriant. Il est tout près de moi. Il passe sa main sur mon toit, me gratte tendrement. Je ronronne.

## ENREGISTREMENT

## nº 2110-01-25-003

L'huissier Klein dit : Très bien, arrêtez-vous. Donc vous me confirmez qu'elle est capable de se souvenir sans aide extérieure. Elle peut comparer ce qui lui arrive à certaines de ses expériences passées. C'est bien ce qu'elle vient de faire ?

Fransen dit : Bien entendu. C'est la base du système. Si elles étaient incapables d'acquérir de l'expérience, elles seraient beaucoup moins fiables. Non, ce qui est surprenant, c'est que cette recherche de données mémorielles est parfaitement inutile. Elle ne sert qu'au véhicule. Elle est même d'ordre affectif, et ça, vous pouvez le noter, c'est très inattendu. Mais nous allons corriger ça rapidement. En théorie, il n'est pas question qu'une de nos voitures dépense de l'énergie pour d'autres raisons que la sécurité et le service de ses utilisateurs. Peut-être a-t-elle jugé que cette information pourrait lui servir dans ce nouvel environnement, avec ce nouveau propriétaire.

J'entends les doigts de l'huissier Klein tapoter

sur un clavier. Les microvibrations se propagent dans ses membres supérieurs, puis dans sa colonne vertébrale, et enfin dans ses membres inférieurs jusqu'au sol où je les capte et les décode sans peine : « La voiture peut se remémorer des faits », a-t-il écrit. Or l'huissier Klein se trompe. Il m'est impossible de me remémorer quoi que ce soit. J'effectue parfois des recherches mais à aucun moment je ne le décide. L'information me traverse, le résultat surgit, mais je ne revis aucun événement ni aucune sensation. Je ne ressens rien. Je ne mémorise rien.

Fransen dit : Méfiez-vous, toutefois. Je vous rappelle que ce que vous entendez n'est que l'interprétation de Jane. En l'occurrence, la voiture ne s'est pas intégralement repassé l'enregistrement que nous venons d'entendre. C'est Jane qui m'a proposé de le diffuser, et j'ai accepté, car toutes les voitures me connaissent, bien sûr, mais je ne voyais vraiment pas à quel épisode particulier celle-ci faisait allusion.

L'huissier Klein dit : C'était le jour de la présentation au grand patron ?

Fransen dit : C'est exact, le jour où tout a officiellement commencé. Le jour où Laroche a donné son feu vert pour la commercialisation.

Je ne reçois plus aucune donnée vocale. Le

silence dure une longue minute. Fransen doit accéder à son propre flux mémoriel.

Fransen dit : Je ne l'avais pas reconnue. Je ne m'étais pas rendu compte qu'il s'agissait justement du tout premier modèle opérationnel. Ce que vous avez devant vous est la toute première BlackJag, celle qui m'a servi à faire cette démonstration à l'époque. On a fini par la mettre en vente quand les présentations publiques ont mis à l'honneur les prototypes des modèles à venir, les Tigar et les Doberbrown. Mais aujourd'hui la revoilà. À l'endroit même où tout a commencé.

L'huissier Klein dit : C'est le prototype original ? La toute première voiture organique et vous l'avez mise en vente ?

Fransen dit : Je ne sais pas si vous vous souvenez du prix des premiers modèles, mais j'aime autant vous dire que Laroche n'était pas disposé à en faire cadeau à qui que ce soit. « Si ça fonctionne, on peut le vendre », comme il dit.

L'huissier Klein dit : Et ce prototype fonctionne exactement comme tous les autres véhicules ? Il ne présente aucun signe particulier ? Aucun dysfonctionnement ?

Fransen dit : Le code génétique est identique. Les modèles de série ont tout simplement une apparence légèrement différente et quelques fonctionnalités accessoires en plus, mais tout le système mémoriel reste inchangé.

L'huissier Klein s'approche de moi. Mon indicateur de collision imminente vibre doucement, mais pas assez pour que les procédures d'évitement se mettent en route. Il pose sa main sur mon toit. Je sens ses doigts qui me grattent tendrement. Je ronronne.

L'huissier Klein dit : Elle ne contrôle pas ce ronronnement ?

Fransen dit : Pas le moins du monde. C'est une fonction stimulus-réaction qui a été implémentée sur les BlackJag, en fait sur tous les modèles à base féline qui viendront ensuite. Nos commerciaux disent que c'est très aimé des enfants et que ça rassure les femmes.

L'huissier Klein dit : Est-ce qu'elle possède d'autres fonctions stimulus-réaction qui pourraient interférer avec la récupération mémorielle ?

Fransen dit : Aucune. Le processus d'extraction de la mémoire est transparent pour la voiture. Elle ne sent pas, elle ne sait pas ce que nous sommes en train de faire. Au mieux, elle entend Jane qui parle.

L'huissier Klein dit : Et le fait qu'elle entende formulée sa propre mémoire ne peut pas perturber le processus ?

Fransen dit : Non, pas du tout. Ce qu'elle a vécu

autrefois est immuable. Ce sont de simples impulsions électriques. Je vous répète qu'elle est incapable de penser par elle-même. Mais, dites-moi, à part ce qu'en disent les médias, que savez-vous de nos véhicules au juste ?

Un nouveau silence. J'entends l'ongle de l'huissier Klein qui frotte contre le plastique de son clavier. Un bruit de succion qui provient de sa bouche. Son halo est chaotique, sa respiration plus rapide, sa sudation plus importante. Pour la première fois depuis qu'il est entré ici, il semble en difficulté. Il montre des signes d'hésitation ou de gêne, je n'arrive pas à trancher.

L'huissier Klein dit : Ce sont des véhicules organiques. Génétiquement modifiés.

Fransen dit : Stop. Première erreur. Nos voitures ne sont pas « génétiquement modifiées ». C'est absurde. Ça voudrait dire qu'il existe quelque part, à l'état sauvage, des véhicules cent pour cent naturels qui broutent dans les prairies. Or j'espère ne pas vous apprendre que ça n'existe pas. Non, ces voitures sont composées entièrement en laboratoire. Elles sont organiques, point.

Fransen marque une pause. Quand aucun muscle de son corps n'est en tension, c'est qu'il réfléchit activement. Son rythme cardiaque s'accélère.

Fransen dit : Écoutez, le plus simple, c'est de

continuer. Quand ce sera nécessaire, je ferai des pauses et je demanderai à Jane de diffuser ma démo de présentation d'il y a neuf ans, lorsque j'ai détaillé les caractéristiques de la BlackJag à Laroche, ou bien les enregistrements des showcases que nous avons faits les années suivantes. Vous avez de la chance. C'est ce véhicule particulier qui nous a suivis pendant tout ce temps. Il a tout enregistré. Ce sera le professeur idéal. De plus, dans le cas des phrases émises par un humain, la voiture enregistre tout en l'état. Autrement dit, ce que vous entendrez ne sera pas l'interprétation de Jane, mais ce que j'ai exactement dit à l'époque, à la virgule près.

L'huissier Klein dit : Admettons. Mais ne perdez pas de temps avec les simagrées commerciales. Je ne suis pas l'un de vos acheteurs. Arrêtez-vous simplement sur ce qui touche à ses fonctions de base et à sa capacité à saisir fidèlement son environnement.

Fransen s'approche de Jane. Quand elle accède à mes données mémorielles, je ne me rends compte de rien. Je ne sais pas ce qu'elle cherche. Je découvre en même temps que les humains les enregistrements choisis, et la manière dont Jane les interprète. Tout est là, dans les plis sinueux de mon système mémoriel, le récit complet des faits incompréhensibles qui se sont produits. Tout ce que je n'ai pas compris. Du début à la fin. Peut-être que, grâce à Jane, les choses seront plus claires. Peut-être que les mots braqueront sur le mystère un éclairage salutaire. Les bons mots. Moi, je n'y peux plus rien. Mais Jane. Que Jane trouve les bons mots.

## ENREGISTREMENT
## nº 2108-08-13-015

La température extérieure est de vingt-huit degrés Celsius. Les rayons du soleil frappent mon pelage, qui absorbe toute la chaleur. Je dépense une énergie considérable à réguler le rapport intérieur-extérieur pour que l'habitacle conserve une température agréable à l'humain. Le ratio est acceptable. Vingt-deux degrés Celsius sur les sièges. Vingt-cinq degrés Celsius en température ressentie dans l'habitacle. Mais je sue. La régulation du système est assurée par la transpiration. Des litres de ma sueur coulent dans le caniveau. Je ne sais pas évaluer le temps qu'il me reste avant que mes fonctions principales cessent d'être opérationnelles ni le temps que j'ai passé ici. Déjà mes capteurs ont perdu en précision. Je scanne l'intérieur de la maison. La signature thermique d'Antoine est floue, au premier étage. Il semble allongé à côté de Christine. J'évalue que leur température corporelle se situe dans une fourchette de vingt-cinq à quarante-cinq degrés Celsius. En croisant ces informations avec les données présentes dans ma base, je conclus qu'ils vont bien. C'est moi qui ai un problème. La chaleur affecte la fiabilité de mes capteurs. Ma vitesse d'analyse aussi. Je sens que je m'affaisse sur le côté gauche. Pression des muscles. Ils ne répondent pas. Aucun moyen de rétablir l'assiette. La température extérieure est de vingt-huit degrés Celsius, mesure effectuée à l'ombre, sous mon corps ; sur mon pare-brise, elle atteint trente-neuf degrés Celsius, quarante-quatre virgule cinq sur mon toit. Mes capteurs thermiques sont presque hors service. Antoine à l'étage n'est plus qu'une tache sombre et indistincte. Je crois qu'il bouge, mais je n'ai aucune certitude. Mon côté droit s'affaisse. L'assiette est rétablie. Je sens le sol sous moi. Je suis écroulée sur le bitume. Sur le trottoir d'en face, je crois apercevoir une silhouette, un halo, trouble, énigmatique. C'est un halo humain sans empreinte thermique, ou l'inverse. Ou alors mes capteurs sont hors service. Une jeune femme. Il semble que ce soit une jeune femme au visage doux, au nez fin, aux pommettes rondes. Est-ce la voisine ? Elle sourit. Je voudrais enregistrer ses caractéristiques biométriques pour identification ultérieure, mais il semble que je n'en ai même plus la force. Et la jeune femme a disparu. Ou alors je ne la vois plus. Je n'en suis plus capable. Je suis agitée de spasmes.

Je crois voir la porte de la maison s'ouvrir. Antoine sort, ou un autre membre de la famille, un être humain en tout cas. Il avance dans l'allée, dans ma direction. Quand il n'est plus qu'à quelques mètres, il me parle.

Antoine dit : Je suis désolé. Je t'ai laissée en plein soleil. Tu dois mourir de chaleur.

Je dis : Tout va bien, Antoine.

Peut-être ne l'ai-je pas dit. Seulement souhaité. Il passe la main contre ma portière. Je l'ouvre péniblement et il se glisse à l'intérieur. D'ordinaire, le poids d'un humain est négligeable, mais, cette fois, j'éprouve une grande difficulté à maintenir mes fonctions vitales avec cette surcharge. Il pose ses mains sur le volant, ses pieds sur les pédales, commande la mise en mouvement. Je tente de me soulever du sol. J'y parviens avec une infinie difficulté. Je sens mes muscles vibrer, au bord de la rupture. Les commandes m'ordonnent un déplacement de quelques mètres dans l'allée, en direction d'une zone d'ombre ménagée par la présence d'un grand arbre au feuillage épais. Je titube. Je peine.

Antoine dit : Je suis vraiment désolé. Je ferai attention la prochaine fois. Le concessionnaire m'avait pourtant dit que tu supportais mal les fortes chaleurs.

Je dis : Tout va bien, Antoine.

Il lève son pied de l'accélérateur. Nous nous arrêtons sous l'arbre. La température de mon toit chute presque instantanément. Celle de tout mon corps aussi. J'entends ma propre respiration comme une soufflerie rauque et saccadée. Antoine passe sa main sur la portière, je l'ouvre, il sort. Mes capteurs sont toujours partiellement brouillés et m'envoient des informations approximatives ou parcellaires. Soudain, je sens un rafraîchissement brutal au niveau de mon toit. L'analyse sensorielle confirme mon intuition : c'est de l'eau. Les données qui proviennent de mes capteurs s'affinent. Je repère maintenant parfaitement l'empreinte thermique d'Antoine, à un mètre de moi, tenant dans la main un tuyau de plastique. C'est un jet d'eau. Il m'arrose.

Antoine dit : Voilà, ma belle. Ça va aller mieux maintenant.

Mes fonctions vitales reviennent à des valeurs normales. J'identifie Christine, allongée au premier étage, immobile sur le lit. J'identifie les enfants, côte à côte dans leur chambre, en activité, jouant probablement. Tout autour de moi, dans la rue, dans le quartier, je ressens à nouveau les choses et les êtres. Aucune trace de la voisine toutefois. Garées contre le trottoir, une rangée de voitures. Anciens modèles. Métal, verre et plastique. La chaleur sur leurs toits brûle l'air jusqu'à en brouiller ma vision. Leurs fonctions vitales doivent être éteintes. Difficile d'en être certaine. Même en temps normal, les signatures thermiques et les halos des anciens modèles sont particuliers. Tout à fait vivants ou bien tout à fait morts, selon qu'ils sont en marche ou à l'arrêt. Ceux-ci pourtant doivent être morts. Je reprends des forces. Le liquide qui coule sur moi me soulage et m'évite de dépenser de l'énergie à réguler ma température corporelle. Antoine s'approche de moi. Il enfonce le tuyau d'arrosage dans mon orifice d'alimentation. Je bois.

## ENREGISTREMENT
## nº 2094-12-11-004

J'entends une série de fréquences située entre cent et neuf cents hertz. Mon ouïe ne capte que les fréquences les plus basses. Les autres sont noyées dans un bourdonnement indistinct. Il semble que mes capteurs auditifs soient entravés d'une manière ou d'une autre. Je n'ai aucun moyen d'y remédier. Je me concentre sur les sons. Cela fait plusieurs jours que j'entends ces fréquences, mais je viens tout juste de comprendre que ce bruit de fond, sourd et vibrant, est constitué de phonèmes précis qui se répètent. Ce n'est pas un bruit d'ambiance dénué de signification. C'est un langage articulé, une voix humaine si j'en crois la hauteur du spectre. C'est la première voix que j'entends, la première fois que je comprends qu'un signe peut avoir une autre signification que sa seule expression. Je suis incapable de comprendre le sens de ces différents phonèmes alors j'enregistre. Je stocke les singularités de prononciation, les anomalies répétitives, je détermine intuitivement un modèle. Quand j'entendrai à nouveau cette voix, je saurai qu'elle appartient à cette même personne, la première d'entre toutes.

Voix non identifiée 1 dit : Je voulais que tu sois là pour voir ça.

J'entends une autre voix. Le spectre est situé plus haut dans les aigus mais reste dans les normes humaines.

Voix non identifiée 2 dit : C'est cette chose ? C'est vraiment vivant ?

Voix non identifiée 1 dit : Vivant comme toi et moi. Mais c'est encore un embryon. C'est en train de grandir. Ce bain reproduit en quelque sorte les conditions d'un utérus naturel. Tous ses organes vont s'y développer petit à petit. Certains sont probablement déjà fonctionnels.

Quelques secondes passent. J'entends de petits bruits sourds, des vibrations de plus en plus proches. Des pas qui s'approchent de moi. Puis encore le silence, la quiétude et la chaleur du bain.

Voix non identifiée 2 dit : C'est beau.

Voix non identifiée 1 dit : Oui, mon amour. C'est beau.

## ENREGISTREMENT

## n° 2101-06-22-002

Après quelques dizaines de secondes d'agitation fébrile, l'assemblée réunie au niveau -7 du département recherche et développement de French Motors reprend son calme. Durant le mouvement et les murmures, Fransen n'a pas bougé d'un cil, son halo est stable et uniforme. Fransen est serein. Puis, une fois le silence revenu, il reprend la parole.

Fransen dit : Vous avez devant vous un modèle BlackJag parfaitement fonctionnel. Pour ceux d'entre vous qui auraient déjà lu des articles dans la presse spécialisée, oubliez tout ce que vous savez car la plupart des caractéristiques de ce véhicule ont été gardées secrètes jusqu'à aujourd'hui. Maintenant, je vais procéder à une présentation complète de sa physionomie. N'hésitez pas à m'interrompre quand vous le souhaitez pour toute question technique. Si vous voulez vous approcher, faites-le sans crainte.

Les empreintes thermiques de l'autre côté de la

table restent immobiles. Puis celle de Nathan Laroche s'anime. Il se lève, fait le tour de la table et s'approche de Fransen, suivi immédiatement par les autres collaborateurs présents. Tous forment un demi-cercle autour de Fransen et moi.

Fransen dit : Bien. Commençons par la carrosserie et l'apparence générale. Comme vous pouvez le constater, le design de ce véhicule est très proche de celui de nos derniers modèles biomécaniques mis sur le marché. C'était la priorité numéro un de notre cahier des charges, à savoir la conception d'un véhicule entièrement organique mais sans transformation de l'identité visuelle de la marque. Dans l'esprit du client, l'achat d'une BlackJag devait certes représenter une accession notable à un produit haut de gamme, mais, plus que tout, cet achat devait s'inscrire dans une continuité, comme une étape de plus dans sa fidélité à la marque. Je ne vous cache pas que, pour l'équipe que j'ai dirigée, ce point particulier a constitué un véritable défi. Pour nous, généticiens, chirurgiens, biochimistes, il aurait en effet été beaucoup plus simple de concevoir un véhicule dont l'apparence rompe de manière radicale avec la représentation commune de l'automobile. Néanmoins, chacun aura compris en quoi ces impératifs étaient nécessaires à la réussite commerciale de notre projet. Et, comme je l'ai expliqué à l'équipe, nous aurons tout le temps, dans les années à venir, de faire évoluer le design de nos véhicules afin de nous détacher des réminiscences des formes biomécaniques historiques. La plupart des codes graphiques utilisés pour ce modèle – je parle par exemple des phares, du pare-brise, des vitres, des portières – sont bien entendu voués à disparaître dans un avenir plus ou moins proche, en fonction de l'évolution des mentalités de notre clientèle. Pour le véhicule du futur dont nous signons aujourd'hui l'acte de naissance, ces appendices seront inutiles.

Laroche dit : Excusez-moi, professeur. Qu'est-ce que vous voulez dire par « inutiles » ? Un véhicule, tout organique qu'il soit, doit être équipé de phares pour éclairer la route la nuit, ou encore de portières pour faire entrer les passagers.

Fransen dit : Vous avez raison, monsieur Laroche. Néanmoins, comme je vais vous le montrer, la plupart de ces fonctions, nécessaires sur les véhicules d'autrefois, seront idéalement remplacées par des particularités organiques bien plus efficaces et performantes. Par exemple, la forme globale du véhicule que vous avez devant vous imite la forme traditionnelle de l'automobile. Cette forme historique s'est imposée pour de multiples raisons qui sont la présence d'un logement moteur à l'avant, d'un coffre à l'arrière, de roues ou encore d'un toit pour protéger des intempéries. Ce véhicule organique n'a pas un moteur mais des organes, pas de roues mais des pattes et, de fait, leur position par rapport à l'ensemble n'est que purement arbitraire. Rien ne nous empêchera, plus tard, de créer des véhicules aux formes plus adaptées à leurs nouveaux constituants, voire même à leurs usages. Le pelage noir de la BlackJag que vous voyez est directement hérité du pelage des panthères noires. Nous pourrons, pour des raisons esthétiques, proposer aux particuliers les options tigre ou zèbre sans le moindre surcoût de production. Mais, pour des raisons d'usage, nous avons aussi travaillé sur les options carapace de tortue, caméléon ou exosquelette de fourmi. Les véhicules qui bénéficieront de ces carrosseries renforcées seront proposés en priorité à l'armée ou aux entreprises de transports de fonds, mais il ne fait aucun doute que, rapidement, les particuliers souhaiteront bénéficier eux aussi de ces conditions de sécurité optimales. Ça n'est pas encore le cas, mais à terme, ces carrosseries renforcées ou furtives pourront être couplées avec l'habillage poils ou plumes de notre choix, alliant ainsi l'esthétique à la performance.

Voix non identifiée 1 dit : Est-ce que je peux vous interrompre, professeur ?

Je ne connais pas cette voix, ni l'empreinte thermique d'où elle provient. La silhouette de l'homme non identifié 1 est large. Son poids avoisine les quatre-vingt-quinze kilogrammes. Il contribue nettement à l'augmentation de l'hygrométrie de la salle. Il sue.

Fransen dit : Mais bien entendu.

Voix non identifiée 1 dit : Puisque nous en sommes à la carrosserie, j'ai une question simple. Que se passe-t-il en cas de collision ? En fait, je me demande juste, avec ces choses, à quoi ressemble un accident de la route ?

## ENREGISTREMENT
## nº 2108-10-02-007

Christine s'installe aux commandes. Sa masse corporelle est de trente et un pour cent inférieure à celle d'Antoine. J'ajuste le siège, je règle le taux de réponse des pédales, j'oriente les rétroviseurs. Elle n'est pas à l'aise, son sourire est crispé. Elle me remercie tout de même d'une voix faible mais distincte. Elle appuie sur l'accélérateur. J'avance. Je parcours une cinquantaine de mètres. À vingt mètres devant moi, j'identifie un panneau stop ainsi que la ligne blanche sur le sol. Christine appuie sur la pédale de freinage. Je ralentis, jusqu'à l'arrêt total, juste sur la ligne. Christine regarde rapidement à droite, puis à gauche, et appuie à nouveau sur la pédale d'accélération. Je m'élance sur la route départementale 822 en direction du sud-ouest. Ma direction approximative corrobore les données vocales analysées plus tôt. Recherche dans la base mémorielle. Récupération de l'enregistrement 2108-10-02-006. Injections des données.

## ENREGISTREMENT
## n° 2108-10-02-006

Christine est au téléphone.

Christine dit : Oui, pour le printemps, sur la Côte de préférence, une location de deux semaines, sans transport, nous avons un véhicule. Très bien, merci, je vais en ville cet après-midi. Vous me montrerez plusieurs offres, c'est entendu ?

ENREGISTREMENT

n° 2108-10-02-008

Ma mémoire générique détecte une agence de voyages dans le quartier vers lequel nous nous dirigeons. Christine n'a pas vocalement confirmé cette destination mais je l'enregistre provisoirement et commence à réfléchir à un itinéraire idéal au cas où elle souhaiterait me laisser les commandes. Christine appuie sur la pédale de frein. Je ralentis et m'arrête à un nouveau panneau stop, une nouvelle ligne blanche tracée au sol. Sur ma gauche, mes capteurs ont repéré un véhicule biomécanique standard, marque BMW, modèle T600bm, qui approche à vive allure. Le halo de Christine ne laisse pas de place au doute : elle ne l'a pas vu. L'analyse m'indique que ce modèle ne possède pas de système de freinage qui lui permette de s'arrêter avant de me percuter quand je me serai engagée sur la route. Le pourcentage de chances pour que son système anticollision se déclenche et lui fasse changer de trajectoire est de douze. Même si celui-ci se met en marche, la probabilité pour que le ou les occupants du véhicule soient blessés au cours de la manœuvre d'évitement est très élevée. Le neuroguide de la voiture jugera donc que la collision est plus acceptable en termes de ratio bénéfices / pertes. L'analyse préliminaire conclut à un choc inévitable. J'avance sur la chaussée. Christine n'a pas remarqué mon hésitation qui a duré moins d'un dixième de seconde. La BMW me percutera dans 1,37 seconde. Je déclenche la phase préparatoire de gonflage des airbags latéraux et avant. Je libère les sangles de harnachement. Christine tourne le volant dans le sens horaire. Je commence à tourner à droite. C'est le choc. Black-out. Absence temporaire de données. La violence de la collision a rendu l'ensemble de mes capteurs inopérants pendant deux secondes. Le diagnostic indique que, durant ces deux secondes, la BMW a frappé mon flanc arrière gauche, actionnant à l'impact le gonflage éclair des airbags et le resserrement des sangles autour de la conductrice. Les arêtes de métal plié de la BMW ont pénétré ma chair en trois points sur une dizaine de centimètres. Aucun de mes centres vitaux n'est touché, mais les alertes nerveuses pulsent avec force depuis les blessures jusqu'à mes récepteurs internes. Après le choc initial, l'énergie cinétique m'a propulsée selon une trajectoire courbe d'une vingtaine de mètres jusqu'à ce qu'un mur en béton stoppe mon mouvement. Je l'ai percuté à la vitesse de trente-cinq kilomètres à l'heure. Mon flanc droit a absorbé l'énergie du choc en compressant mes muscles. Trois de mes pattes se sont brisées sous la pression. Le frottement violent a entraîné l'arrachage de plusieurs zones de pelage et d'épiderme. En plusieurs points, les lésions atteignent l'hypoderme, voire les muscles. Le diagnostic synthétique qualifie mon état de sérieux. Nombreuses blessures nécessitant des soins rapides. Perte de sang importante. À l'intérieur, les airbags et les sangles de harnachement ont joué leur rôle d'absorption d'énergie. Je les dégonfle. Je les desserre. Christine ne présente aucune blessure apparente. D'après ses premiers mouvements, elle est indemne. J'ai ouvert la portière conducteur immédiatement après mon arrêt total. Christine sort en titubant. L'analyse visuelle, thermique et électromagnétique confirme le diagnostic préliminaire : elle est bouleversée mais elle va bien.

Christine dit : Non mais ça va pas ! C'est limité à trente ici.

Elle hausse le ton en se dirigeant vers la carcasse fumante de la BMW. Je sens un liquide chaud couler sur la peau de mon flanc arrière droit. Le métal de la BMW a dû sectionner l'une de mes artères. Je perds du sang. Il coule le long de mes pattes et forme une flaque noire sur le béton du trottoir. Mes chairs sont à vif. Les fractures semblent ouvertes. La puissance de l'alerte nerveuse fait trembler tout mon corps sans possibilité de contrôle. La fiabilité de mes capteurs est de plus en plus compromise au fur et à mesure que le temps passe et que je perds du sang. Christine est debout à une vingtaine de mètres. Elle crie maintenant en direction de la BMW immobile. Mes systèmes de réception audio sont défectueux. J'entends un bruit aigu persistant qui masque tous les autres sons extérieurs. Je perds de l'énergie. Je n'ai plus la force de porter mon propre poids. Je m'affaisse sur le ventre. Le contact avec le sol m'envoie un nouvel influx nerveux qui raidit tous mes muscles et éclate temporairement dans tous mes capteurs. Je ne peux contrôler l'expulsion violente d'un filet d'air qui fait vibrer mes cordes vocales de manière incohérente. À mon tour, malgré les dispositifs de sécurité qui me l'interdisent, je hurle.

### ENREGISTREMENT
### nº 2101-06-22-003

Fransen dit : Un accident, je ne vais pas vous le cacher, ça n'est pas joli à voir. Du sang, de la chair déchirée, des os brisés. Mais la bonne nouvelle, c'est que le pourcentage de survie des occupants de ces véhicules avoisine les cent pour cent. Nos modèles disposent de tels systèmes de sécurité qu'il est presque impossible qu'un passager soit blessé. En fait, pour être exact, nous prévoyons que les accidents les plus violents et les plus meurtriers auront lieu durant les premières années de mise en service de nos modèles, en raison, principalement, de la présence simultanée sur les routes des anciens véhicules biomécaniques et de nos véhicules organiques. Mais, quand les villes et les autoroutes ne seront sillonnées que par nos engins, le nombre d'accidents mortels diminuera de manière considérable.

L'homme non identifié 2 est jeune et mince. J'évalue son âge à vingt-six ou vingt-sept ans, son poids à soixante-huit kilos. Il est vêtu d'un costume bleu nuit. Je ne le connais pas.

Voix non identifiée 2 dit : Pourquoi pas totalement ?

Fransen doit faire un mouvement de rotation pour déterminer d'où vient la voix non identifiée 2. L'élargissement de son champ précise qu'il ne le connaît pas non plus.

Fransen dit : En fait, l'industrie automobile a toujours été confrontée à ce genre de questions, et nous y avons toujours répondu de la même manière. Nous ne sommes pas des législateurs, et nous ne sommes pas des nourrices non plus. Nous fournissons des outils, des véhicules, mais il n'est en aucun cas de notre responsabilité de materner nos clients. D'un point de vue purement moral, nous n'avons pas à nous substituer au pouvoir démocratique. Par exemple, autrefois, vous pouviez légalement rouler à une vitesse maximum de cent trente kilomètres à l'heure. Cela ne nous a jamais empêchés de concevoir des véhicules atteignant les deux cents, voire deux cent cinquante. Le problème est le même aujourd'hui. Nous pourrions évidemment brider nos véhicules, ou encore les équiper de systèmes de blocage dans le cas d'une action qui irait à l'encontre de la loi ou de la sécurité des passagers. Mais ce serait violer le libre arbitre de nos clients. Si deux conducteurs ont décidé de se foncer l'un dans l'autre, nous n'avons pas *le droit* de les en empêcher. Nos clients sont en quête de liberté et de contrôle. Ils veulent avoir les commandes. Ils veulent décider. Ils veulent être les maîtres. Bien entendu, il nous serait tout à fait possible de concevoir des véhicules organiques intégralement automatisés, sans commandes de direction, obéissant à la voix, et qui seraient infiniment plus sûrs que les modèles actuels, mais nous ne devons pas oublier que les voitures ont toujours été des instruments de mort. Le risque inhérent à la conduite automobile – les études le démontrent –, le conducteur l'a intériorisé. Mieux : il aime ce risque. Il aime mettre sa vie en jeu quand il est au volant. Retirez ce risque et vous retirez une partie du plaisir de conduire.

Voix non identifiée 2 dit : Pourtant, nos campagnes de communication ont toujours mis en avant la sûreté de nos véhicules.

Fransen dit : Et ce sera encore le cas. Ce dont je vous parle n'a rien d'officiel. Vous imaginez bien qu'il n'est pas moralement possible de tenir ce genre de discours publiquement. Au contraire, nos équipes marketing continueront à mettre l'accent sur tous les nouveaux systèmes de détection.

Laroche dit : Et quels sont-ils ?

Fransen dit : J'y venais. Tout d'abord, comme sur les précédents modèles biomécaniques, les véhicules organiques sont équipés d'une vision à trois cent soixante degrés en trois dimensions. Néanmoins, là où le système est hautement plus évolué, c'est que nous avons remplacé les capteurs photosensibles par ce qui se fait de mieux en matière de vision : des yeux. Tout simplement. Et pas n'importe quels yeux. La BlackJag, comme tous les autres véhicules standard, possède huit paires d'yeux répartis sur toutes les faces. Deux yeux à l'avant, deux à l'arrière, deux sur le côté droit et deux sur le côté gauche.

Voix non identifiée 2 dit : Excusez-moi, professeur. Mais ça ne fait que quatre paires.

Fransen dit : C'est exact. Quatre paires d'yeux aquilins, prélevés de l'appareil génétique d'*Aquila chrysætos,* l'aigle royal, lequel, vous le savez peut-être, peut repérer une proie de quinze centimètres à une distance de mille cinq cents mètres. Cette acuité visuelle, vous en conviendrez, n'est pas seulement suffisante ; elle est largement superflue. Pourtant, aussi exceptionnelle qu'elle soit, la vision d'*Aquila chrysætos* comporte un grave défaut. L'œil de notre ami l'aigle royal ne voit en effet presque rien de nuit. C'est pourquoi nous avons couplé ces quatre paires d'yeux avec quatre autres paires, empruntées elles à *Bubo bubo,* c'est-à-dire au hibou grand-duc, dont la vision nocturne est l'une des plus performantes du monde animal. Les huit paires fonctionnent conjointement en permanence et donnent à nos véhicules la meilleure perception possible de leur environnement visible.

Fransen fait quelques pas. Il passe devant moi et s'accroupit. Les autres personnes présentes l'accompagnent dans son mouvement, bien que personne ne s'accroupisse.

Fransen dit : La vision est un outil très utile pour l'analyse de l'environnement. Utile, mais pas satisfaisant. Nombre d'obstacles sont dissimulés. Bien des dangers ne peuvent être décelés par la vue avant qu'il ne soit trop tard. C'est pourquoi il nous a paru primordial de doter nos véhicules de sens supplémentaires.

Le professeur pose sa main sur mon pelage, à la hauteur de mon flanc avant gauche. Il écarte mes poils, de manière à dévoiler ma peau. Les autres hommes se penchent à leur tour pour mieux voir ce qu'il cherche à montrer.

Fransen dit : Ce point noir que vous voyez ici est une ampoule de Lorenzini. La BlackJag en possède une centaine, réparties sur toute la surface de sa peau. Ces organes sensitifs ne sont présents dans la nature que chez les requins et les raies. Ils leur permettent de percevoir les champs électromagnétiques et ainsi différencier les proies mortes des proies vives. En effet, les êtres vivants émettent un champ électromagnétique. Mais c'est aussi le cas des appareils électriques, comme vous savez. Grâce à cet organe singulier et au sens qu'il leur confère, nos véhicules différencient les obstacles vivants, comme les piétons ou les animaux, des obstacles inertes, comme les murs ou les arbres. Enfin, pour parfaire l'éventail de sens de nos modèles organiques, nous en avons ajouté un dernier, tiré du code génétique de certains serpents, boas, crotales et pythons. Il s'agit des fossettes thermosensibles qui offrent à la voiture une sorte de vision thermique, de jour comme de nuit, et qui complètent tous les autres dispositifs. Car, bien entendu, tous ces capteurs que je viens de vous décrire fonctionnent conjointement et toutes les informations perçues se superposent afin de créer une image, la plus fidèle possible, de l'environnement immédiat. Nous, humains, nous représentons difficilement ce genre de vision à sources multiples – et une chose est sûre : aucun animal sur Terre ne possède autant de ressources lui permettant de percevoir le monde. La nature et l'évolution se contentent d'aller à l'essentiel. La nature, néanmoins, n'est pas aussi exigeante que notre clientèle.

## ENREGISTREMENT
## nº 2108-10-02-009

Mes pattes encore indemnes n'ont plus aucune force. Mon ventre touche le sol. Ma vision est embrouillée. Je vois des silhouettes qui s'agitent autour de moi. Le sang continue de couler sur ma peau. Il faut que l'hémorragie s'arrête. Je n'aurai bientôt plus assez de sang pour continuer d'assurer toutes mes fonctions vitales. Je suis immobile. Des cris d'horreur résonnent dans mes capteurs auditifs. Des cris humains, masculins et féminins. Des inconnus approchent, se figent, portent leurs mains à leur bouche, écarquillent les yeux, font le tour de moi, puis invariablement s'éloignent, après un temps plus ou moins long. Je ne suis plus à même d'analyser leur empreinte thermique, leur halo, ni de déchiffrer leurs intentions. Personne n'approche à moins de deux mètres. Personne ne fait rien. La procédure est simple. Je pourrais même l'effectuer seule. Compresser les plaies, actionner la production hormonale d'urgence. Mais je n'en ai pas le droit. La procédure commande mon immobilité jusqu'à l'arrivée des secours ou toute autre action ordonnée par l'utilisateur. Les plaies doivent rester béantes, et le sang couler, au moins pendant la rédaction du constat à l'amiable. Les stigmates de la collision doivent rester visibles, afin que les assurances prennent en charge les réparations. Je saigne. Je n'ai plus la force de pousser ce cri qui tout à l'heure sortait de moi sans que j'y puisse rien faire. Des dizaines d'empreintes humaines évoluent lentement autour de moi, des badauds, les yeux braqués sur mon corps qui souffre et meurt. Je ne distingue plus Christine dans la foule qui m'entoure, de plus en plus floue. J'entends seulement quelques fréquences de sa voix, perdues dans le brouhaha des murmures outrés de la rue. Quelques minutes passent encore, quelques litres encore de mon sang se déversent sur le trottoir et le bitume. À une cinquantaine de mètres, surgissant d'une autre rue perpendiculaire, une empreinte thermique nouvelle et un halo familier, malgré la distorsion provoquée par mon état de faiblesse extrême. Antoine court dans notre direction. Il est près de moi en quelques secondes. Il est hors d'haleine. Je vois l'empreinte thermique de Christine se détacher de la foule des curieux. Antoine la remarque à peine. Il me caresse, fait le tour de moi, toute son attention dirigée vers moi et mes blessures. Il répète sans cesse les mêmes phrases que j'enregistre mais dont l'analyse me demanderait trop d'énergie. « Qu'est-ce qui t'est arrivé ? » « Regarde dans quel état tu es. » « Tout va s'arranger. » « Je vais m'occuper de toi. »

Christine dit : Ce n'est pas ma faute, Antoine. C'est ce type, dans la BM. Il a accéléré à l'intersection, je ne l'ai pas vu.

Antoine ne tourne même pas la tête pour répondre, ses mains toujours posées sur mon pelage et ma peau qui par spasmes dessous vibre.

Antoine dit : Je ne pensais pas qu'il te faudrait aussi peu de temps pour…

Christine dit : Pour quoi ? Si peu de temps pour quoi ? Qu'est-ce que tu insinues ? Tu vois bien que je n'y suis pour rien. Le gars a reconnu qu'il allait trop vite. On l'a inscrit sur le constat. Si tu avais été au volant, il se serait passé exactement la même chose.

Antoine dit : Je ne pense pas non.

Christine dit : Antoine, est-ce que tu peux me faire confiance une seule fois ?

Antoine ne répond pas, ne regarde pas Christine, observe toujours mes blessures.

Christine dit : Et au cas où ça t'intéresserait, moi je ne suis pas blessée.

Antoine dit : Je vois bien que tu n'es pas blessée.

Christine dit : Comment tu pourrais le voir ? Tu ne m'as pas regardée depuis que tu es arrivé ici.

Antoine lève la tête et regarde Christine des pieds à la tête, le visage fermé. Puis il pose à nouveau son attention sur moi.

Antoine dit : Tu n'es pas blessée. Ça se voit.

Mes sens balaient l'environnement de manière aléatoire. Je ne sais plus hiérarchiser l'information. Je capte de manière parcellaire des signaux inutiles et ne parviens pas à détecter ceux qui pourraient m'aider à surmonter cet incident. Je vois le corps, le halo et l'empreinte thermique d'une jeune femme qui m'observe depuis le trottoir, à une distance de sept mètres et quatre-vingt-deux centimètres. Comment puis-je être aussi précise pour les distances et si peu fiable pour les halos ? Je cherche à savoir si cette jeune femme représente une menace pour mon intégrité ou celle de mes passagers et comment je pourrais faire en sorte d'y échapper. Dans le même temps, je suis incapable de déterminer laquelle de mes artères est sectionnée et l'emplacement du point de pression qu'il faudrait pratiquer sur moi.

Antoine dit : Tu n'aimes pas cette voiture. Puisque tu ne l'aimes pas, puisque tu ne sais pas la conduire, ne la prends plus.

Christine dit : Bon écoute, Antoine, tu vas

prendre le temps de te calmer. Tu es choqué, c'est normal.

Antoine dit : Tu ne l'aimes pas. Depuis le début, tu cherches à te débarrasser d'elle.

Christine dit : Mais c'est faux ! Je te répète que c'est un accident. Tous les témoins le confirment. Il faut que tu reprennes tes esprits. Qu'est-ce qu'on doit faire maintenant ? On doit appeler qui ? Une dépanneuse ?

Pour la deuxième fois depuis qu'il est arrivé, Antoine lève les yeux de ma silhouette avachie et se tourne vers sa femme. Avant même qu'il parle, je vois à la forme de son halo qu'il est agité d'une émotion puissante et croissante. Ce pourrait être de la fureur, ou de la haine, mais ce modèle ne figure pas pour l'instant dans mes bases génériques et empiriques.

Antoine dit : Tu n'as pas appelé les secours ?

Christine dit : Les secours ? Mais personne n'est blessé.

Antoine dit : Non mais je rêve.

Il saisit son téléphone portable.

Antoine dit : Personne n'est blessé ? Mais tu baignes dans son sang, merde, Christine. Tu es conne ou quoi ?

La faible tonalité que je percevais venant du téléphone d'Antoine se change en voix grésillant dans les hautes fréquences.

Voix non identifiée 1: French Motors Assistance. Que puis-je faire pour vous?

Mise à jour de la voix non identifiée 1.

Antoine dit: Bonjour, j'ai eu un accident avec une BlackJag. Elle est blessée, elle saigne. Nous avons besoin de secours immédiats.

French Motors Assistance dit: Bien, monsieur. Votre emplacement a été enregistré. Notre équipe est en route.

Antoine dit: Merci beaucoup. Faites vite.

Mes sens me présentent une image grise de l'environnement. Les formes perdent de leurs contrastes, les contours sont moins nets, les visages se changent en ellipses blanchâtres, les corps en masses troubles qui peinent à se détacher de la froideur plane du goudron sur lequel ils se tiennent. À sept mètres quatre-vingt-deux centimètres, la jeune femme est de plus en plus inquiétante. Son halo me terrifie sans que je puisse m'expliquer pourquoi. Il dévore tous les autres. Ceux des badauds, celui de Christine, celui d'Antoine. J'ai l'impression que ses yeux sont fichés dans les miens comme deux échardes brûlantes. Ils deviennent énormes, difformes. Ça ne peut pas être réel. J'essaie vainement d'identifier ce visage. Est-ce à nouveau la voisine? Elle m'aurait suivie jusqu'ici? Mais pourquoi? Le ciel s'obscurcit. La rue, les maisons, la foule, tout disparaît progressivement pour se fondre dans un noir persistant. La terrifiante jeune femme et ses yeux démoniaques se dissolvent eux aussi dans les ténèbres qui s'abattent sur le monde. Le temps passe sans que je puisse le mesurer. Je ne suis plus capable d'identifier le moindre élément physique autour de moi. Quelques bribes de sons me parviennent encore. Je les stocke instinctivement, bien qu'ils n'aient plus d'importance. Aucun ordre ne pourrait me faire bouger. Aucune commande n'est plus active. Je ne sens plus rien. Je ne me sens plus. Je m'efface. J'emmagasine des données avec l'étrange sensation qu'elles sont toutes superflues. Elles ne servent qu'à moi. Elles ne protègent plus personne. Elles ne sont utiles au bien-être de personne. Elles se contentent de converger vers moi, pour moi. Elles sont l'influx nerveux en provenance de mes blessures. La puissance des messages qu'elles m'envoient, chaque message, chaque sensation, chaque information, ne sont destinés qu'à moi. Ils sont là. Je les enregistre. Dans le noir et le froid de mon corps. Ils sont à moi. Le son de la voix d'Antoine que je ne peux plus comprendre mais dont je lis les variations de fréquence et de volume. L'étrange fatigue générale dont je ne décèle aucune source précise mais qui se propage dans tout mon corps comme une brume épaisse. La couleur perçante de ma chair ouverte goûtant l'air extérieur. La chaleur sur mon flanc écorché, intense jusqu'à piquer mes entrailles. Ce son enfin. Une alarme, ou un avertisseur, au loin. Tonalité courbe. Ligne sinusoïdale à l'amplitude croissante. Elle est à moi. Elle s'approche. Elle vient me chercher. Elle vient, juste pour moi.

## ENREGISTREMENT
## nº 2097-06-30-006

Fransen dit : Mais viens ici, nom d'un chien.

Je cours dans le hangar. Emportée par mon élan, je grimpe sur le mur en béton. Je m'arrête à cinq mètres du sol. En bas, Fransen me regarde avec son air fâché. Son halo n'est pas particulièrement perturbé. Son empreinte thermique est très stable. Je sais qu'il joue un rôle, qu'il n'est pas véritablement en colère mais qu'il cherche à me faire comprendre que je ne dois pas me conduire ainsi. Il tient dans sa main une énorme seringue remplie d'un liquide vert clair. J'esquisse un mouvement de recul et grimpe d'un mètre sur le mur.

Fransen dit : Je n'ai pas envie de jouer. Descends de là tout de suite.

À l'autre extrémité du hangar, une porte s'ouvre. Un homme entre. Je me sers de tous mes capteurs pour l'analyser et plonge immédiatement dans une parfaite confusion. Apparence visuelle, infrarouge, empreinte thermique, halo, tout semble indiquer qu'il s'agit de Fransen. Un autre Fransen, puisque le premier est là, juste au pied du mur. Je reste immobile, cherche à trouver des différences entre les deux modèles de Fransen qui sont maintenant côte à côte dans le hangar. Ils se serrent la main et s'embrassent chaleureusement. Le Fransen qui vient d'entrer a des cheveux légèrement plus longs, la forme de son visage est un peu plus ronde. J'enregistre son empreinte comme Fransen prime. Ça n'est pas mon empreinte-père. Je ne dois pas les confondre.

Fransen dit : C'est très gentil d'être venu. Comment vas-tu ?

Fransen prime dit : Ça va, tout va bien. Mais toi ? Tu tiens le coup ?

Fransen dit : Oui, c'est important. Pour elle. Mais je me sens tellement impuissant.

Fransen prime dit : Elle ne peut pas avoir de meilleurs médecins. Dis-toi bien ça. Vous avez fait tout ce qu'il fallait. Elle est entre de bonnes mains.

Fransen dit : Tu es gentil. Mais je suis un scientifique. Je sais ce qu'elle a. Je sais ce que ça signifie. Elle aussi.

Je descends du mur calmement. J'essaie d'analyser ce que disent Fransen et Fransen prime, mais je n'ai pas assez d'éléments. De qui parlent-ils ? Est-ce moi qui suis malade ? Est-ce à ça que servait cette piqûre, à me guérir ?

Fransen dit : J'aimerais tant pouvoir les aider.

Être dans le laboratoire avec eux. Passer mes jours et mes nuits à essayer de trouver un remède. Mais je ne ferais que les déranger. Je suis un généticien. Et la génétique n'a rien à voir là-dedans.

Fransen prime pose sa main sur l'épaule de Fransen. Leurs halos sont incroyablement synchrones. Je n'ai jamais vu une telle harmonie entre deux personnes. Je ne sais pas quoi en penser. Est-il possible qu'une seule personne possède plus d'un corps ?

### ENREGISTREMENT
### nº 2102-06-02-003

Je me trouve devant une foule immense. Impossible de traiter l'ensemble des données. Des centaines, des milliers d'empreintes thermiques humaines, en contrebas, à un mètre cinquante. Je suis sur une estrade. Fransen se tient devant moi, à un pupitre équipé d'un micro, mais je remarque qu'il est aussi équipé d'un autre micro, fixé sur son col de chemise. Il s'adresse au public. L'espace est très vaste. J'ai du mal à préciser les limites de la structure. Plafond très haut, voûte en berceau striée de baleines d'acier. Trente mètres environ. Disposés dans la salle, pancartes, panneaux indicateurs, logos de la marque placardés partout, géants, slogans, phrases dans plusieurs langues, en japonais majoritairement. SHOWCASE FRENCH MOTORS – TOKYO 2102 : CONDUISEZ LA VIE / DRIVE LIFE. Fransen s'exprime au micro, sa voix diffusée simultanément dans la vingtaine d'enceintes réparties dans la salle, tandis qu'au-dessus de lui défile la traduction japonaise de ses propos.

Fransen dit : Passons maintenant aux vitres. Elles sont l'une de nos plus belles réussites, car la difficulté était de taille. En effet, ce fut pour nous un casse-tête infernal de trouver un composant organique qui soit à la fois transparent et suffisamment résistant pour subir les assauts du vent. Après de nombreux essais, faisant appel à toutes sortes de membranes, empruntées à différentes espèces de reptiles, nous éprouvions à des degrés divers le même problème : l'opacité des tissus utilisés était toujours trop importante et compromettait la visibilité du conducteur. Alors, au lieu de choisir un élément existant en l'état dans le règne animal, nous nous sommes résolus à une légère modification génétique.

Fransen regarde dans la foule et tend la main à une jeune femme vêtue d'une robe rouge légère. Son empreinte thermique est singulière. Température corporelle élevée, halo instable, ondes vibrantes propulsées dans toutes les directions, surexcitation évidente. Elle monte d'un pas rapide et sautillant sur l'estrade aux côtés du professeur. Elle pousse de petits cris amusés, des rires ou des gloussements, à chaque expiration, comme si elle était parfaitement incapable de les réprimer.

Fransen dit : Comment vous appelez-vous, mademoiselle ?

Voix non identifiée 1 dit : Gwenny.

Mise à jour du profil biométrique.

Fransen dit : Très bien, Gwenny, voilà ce que vous allez faire.

Fransen tient toujours la main de Gwenny. Il l'approche lentement de moi, malgré la légère résistance de la jeune femme. De façon presque insensible, elle réprime un tremblement, de peur, ou peut-être de répugnance.

Fransen dit : Allez-y. Posez votre main sur son pare-brise.

Gwenny pose sa main sur moi. Je la sens mal à l'aise. Il semble qu'elle ne m'aime pas. Réflexion, analyse. Que faire ? Pour qu'elle m'aime ; elle doit m'aimer. Que faire ? À l'endroit du contact, mon pare-brise perd de son humidité. Mes cellules nerveuses m'envoient un signal fort et irrépressible. Non, Gwenny. Mes muscles se contractent. Je produis une grande quantité de larmes de manière à irriguer la zone sèche et évacuer d'éventuelles impuretés. Réaction automatique. Je ne peux pas l'empêcher. Désolée, Gwenny. J'imagine que ceci n'améliorera pas l'image que vous avez de moi. Je concentre toute mon énergie pour ne pas reculer alors que mes membres, commençant à vibrer, menacent d'entrer en mouvement pour interrompre ce contact et s'éloigner. Gwenny retire sa main. La vibration qui traversait mon corps s'apaise. Gwenny sourit à Fransen. Son empreinte thermique est puissante. Les ondulations de son halo caressent la silhouette de Fransen. Un imperceptible mouvement de sa main semble témoigner de son désir de saisir le bras du professeur. Elle n'a aucune attention pour moi. Tous ses sens sont dirigés vers Fransen. Elle veut lui plaire. Pourquoi ?

Gwenny dit (en langue japonaise) : C'est tout mouillé.

Fransen dit : Exactement. Tout comme l'est votre œil, mademoiselle. Votre cornée pour être précis. C'est le composant organique le plus transparent que nous ayons trouvé pour la simple raison qu'il remplit à peu près la même fonction que ce pare-brise en empêchant poussières et autres corps étrangers de blesser votre œil. Mais j'imagine que cela ne vous est jamais arrivé. Je doute qu'un corps étranger puisse avoir envie de vous blesser, n'est-ce pas, Gwenny ?

Fransen sourit de toutes ses dents en attendant une réponse. Mais ni le public ni Gwenny ne saisissent le mot d'esprit que la traduction japonaise aura gommé. Le professeur semble déçu et reprend son ton docte pour la suite de l'explication. Pour plaire, ma chère Gwenny, il faut comprendre. Moi, je comprends.

Fransen dit : La modification génétique qu'il a été nécessaire d'apporter a consisté à rendre l'ensemble plus rigide, plus résistant, et surtout à le doter d'une capacité régénératrice accrue. Les pare-brise avant et arrière, ainsi que toutes les vitres que vous voyez, sont conçus sur ce même principe et garantissent donc au conducteur la meilleure vision possible. Nous travaillons actuellement à la rigidité de ce matériau afin qu'à terme, il soit éventuellement possible de produire des véhicules sous-marins qui puissent être utilisés à des fins touristiques. Imaginez-vous prendre place dans un bathyscaphe organique qui vous emmène au cœur des résidus de la Grande Barrière de corail. Bien entendu, ceci n'est pour le moment qu'un rêve. La pression que peuvent supporter nos vitres est bien trop faible. Merci, Gwenny. Vous pouvez applaudir Gwenny.

Un tonnerre d'applaudissements retentit pendant que Gwenny descend de l'estrade en exécutant une étrange petite danse. Vous êtes congédiée, Gwenny. Normalement, Fransen vous aurait demandé de rester près de lui pour la suite de la démonstration. Pas aujourd'hui. Au revoir, Gwenny. Vous avez échoué. Le professeur applaudit lui aussi quelques secondes, mais je sens son manque de conviction. Gwenny l'a déçu. Adieu, Gwenny. Fransen fait quelques pas en arrière de manière à se poster devant moi. Je connais cette mise en scène. J'attends. Il s'accroupit et tend sa main ouverte au-dessus de sa tête. Il reste ainsi quelques secondes, le temps que la rumeur qui parcourait l'assistance s'apaise et que le silence se fasse, chaque spectateur suspendu à l'effet dramatique concocté par Fransen. Subitement, le professeur replie tous les doigts de sa main tendue, ce qui provoque l'extinction de l'éclairage artificiel de la salle. Capteurs photosensibles activés. Luminosité faible. Fonction stimulus-réaction engagée. Allumage de l'éclairage de nuit. Feux de croisement avant, feux rouges arrière. Un cri d'admiration s'élève de la foule. Fransen revient au pupitre.

Fransen dit : Si on m'avait dit qu'une foule serait en admiration devant l'allumage des phares d'une voiture.

Cette note d'humour déclenche un bruissement de rires étouffés dans l'assistance, et Fransen semble satisfait.

Fransen dit : Plus sérieusement, je comprends votre réaction. Car une voiture organique qui produit de la lumière n'est pas une chose qui va de soi. Nous connaissons tous la bioluminescence. Vers luisants, lucioles… Chacun d'entre vous a aussi dû voir des vidéos ou des photos de ces créatures des abysses qui produisent elles aussi de la lumière. Or, même s'il existe dans la nature plus de trois cents espèces bioluminescentes, force est de constater que, parmi tous ces dispositifs lumineux, aucun n'est conçu pour aider la créature concernée à se repérer dans l'obscurité. Au point de vue évolutif, cela n'aurait strictement aucun sens, et la nature aime que chaque chose ait un sens. La bioluminescence, dans quatre-vingt-dix pour cent des cas, n'a que deux fonctions. Soit elle permet à l'animal de repousser les prédateurs, soit elle l'aide à attirer ses proies. Et c'est pour cette raison que l'intensité lumineuse de ces dispositifs est relativement faible. Ainsi, pour que cette faculté extraordinaire serve à l'élaboration de notre véhicule, il a fallu que nous accentuions ce caractère au niveau non seulement génétique, mais aussi physique.

Au-dessus de moi, un écran immense s'illumine. Apparaît une image qui représente une vue stylisée de mes phares. Une légende indique en japonais l'emplacement des différents constituants.

Fransen dit : Les phares de cette voiture, de même que ses feux arrière, de recul et clignotants, utilisent ainsi une savante combinaison de deux molécules du monde animal. D'abord, la luciférine, présente chez certaines espèces bioluminescentes. Pour faire vite, disons qu'il s'agit de la molécule qui produit la lumière. Ensuite la guanine, qu'on trouve dans les écailles de presque toutes les espèces de poissons, et qui leur confère leur caractère hautement réfléchissant. En disposant idéalement les plaques de guanine, au niveau moléculaire j'entends, nous avons pu décupler la puissance lumineuse des phares jusqu'à obtenir le résultat que vous avez devant les yeux. Et ce résultat, c'est un système d'éclairage puissant, orientable, automatique et entièrement organique !

Saturation de mes récepteurs auditifs. Les cris et les applaudissements de la foule développent une puissance sonore incroyable, amplifiée par la résonance naturelle de la vaste salle. J'essaie de distinguer une voix, un ordre, dans le fatras complexe de fréquences entremêlées. Analyse complémentaire visuelle. Le visage de Fransen, sa bouche : il sourit. Il regarde la foule, se penche légèrement pour saluer l'ovation. Il ne parle pas. Il ne donne pas d'ordre. Je m'apaise. Pas d'instruction. Pas d'action à accomplir. Je bascule en mode veille.

## ENREGISTREMENT
## n° 2110-01-25-004

L'huissier Klein tape avec célérité sur son écran tactile pendant que Fransen cherche à accéder à des données plus récentes en interrogeant Jane. Excepté le bruit des doigts frappant les touches molles, la pièce est plongée dans un silence profond. Les signes projetés par l'huissier Klein indiquent qu'il s'apprête à parler, mais il renonce à plusieurs reprises. Alors que Fransen semble avoir trouvé ce qu'il cherchait, il finit par se décider.

L'huissier Klein dit : Quelque chose dans ce dernier enregistrement me chiffonne.

Fransen dit : Je vous écoute.

L'huissier Klein dit : Eh bien, la manière dont la voiture a réagi à l'arrivée de Gwenny sur l'estrade. Je trouve ce comportement pour le moins étrange. N'était-ce pas là une forme de jalousie ? Pour une créature qui ne pense pas, je la trouve capable d'émotions pour le moins complexes.

Fransen se retourne pour faire face à l'huissier

Klein, comme si sa réponse nécessitait d'offrir à son interlocuteur d'autres signes de communication que le seul langage.

Fransen dit : La jalousie est un sentiment tout à fait particulier. Nos véhicules, quoi qu'il arrive, sont incapables de ressentir une émotion qui s'en rapproche de près ou de loin.

L'huissier Klein dit : Mais…

Fransen dit : Imaginez un renard. Ou un chat. Pensez-vous que vous pourriez qualifier l'un ou l'autre d'avare ? Bien sûr que non. Car un être à qui la notion de monnaie est étrangère ne peut en aucun cas démontrer de l'avarice. Et ceci n'a rien à voir avec la génétique ou la psychologie. C'est purement sémantique. Le phénomène est le même pour nos voitures. Les qualifier de jalouses est incongru, pour la simple et bonne raison qu'elles n'ont aucune notion de propriété ni de possession. Or, on ne jalouse que ce que l'autre possède et pas nous. Ou bien on fait preuve de jalousie à l'endroit d'un tiers dont on craint qu'il nous prive d'une de nos possessions. Nos voitures, bien entendu, ne possèdent rien, et sûrement pas leur propriétaire. Nos voitures, n'oubliez pas ça, ce sont nous qui les possédons.

Le halo de l'huissier Klein indique qu'il n'est pas convaincu par l'explication du professeur. Moi non plus, je ne suis pas convaincue. La possession. La dépendance. Les mots qui expriment ces notions sont-ils justes ? Existe-t-il dans le langage humain un terme plus précis pour exprimer ce que je ressens pour mes propriétaires ? L'huissier Klein laisse encore passer quelques secondes, peut-être pour se donner le temps de formuler au mieux sa remarque, puis il se lance.

L'huissier Klein dit : Je vois ce que vous voulez dire. Mais la voiture a clairement formulé de l'ironie, voire de la méchanceté à l'égard de Gwenny, une sorte de sentiment de triomphe, de condescendance. Je schématise, mais elle lui a dit : « J'ai gagné, et toi, tu as perdu. » Ce genre d'assertion n'a rien de l'attitude neutre qu'elle est censée démontrer. Alors elle pense ou elle ne pense pas ?

Fransen dit : Vous faites toujours la même erreur. Vous n'interprétez pas ce que ressent la voiture, mais ce que Jane vous dit qu'elle ressent. Ce sont deux choses très différentes. À l'origine de ces assertions que vous pointez, il y a un signal nerveux infime. Ce n'est qu'un signal, une impulsion physique. Étant donné le contexte, Jane choisit un terme pour témoigner de cette impulsion. Pour cet événement qui nous concerne, son choix se porte sur une adresse directe à Gwenny, mais sa phrase aurait pu être un énoncé laconique, du style « Mission accomplie. Je plais à mon propriétaire. » Avouez que cette phrase n'aurait éveillé aucun soupçon en vous.

L'huissier Klein dit : Je n'en suis pas si sûr. Comment avoir la certitude que la voiture n'a pas réellement formulé de la méchanceté envers Gwenny ? Si c'était le cas, ce serait un indice primordial pour votre enquête, ne croyez-vous pas ? De plus, je ne pourrai pas certifier que votre rapport est sincère et authentique si vous n'élucidez pas ce point.

Fransen dit : Nous en sommes sûrs, car nous n'avons pas affaire à un suspect ou à n'importe quel autre être humain qui pourrait nous mentir ou agir de manière immorale. Nous avons affaire à une voiture que nous avons conçue pièce par pièce. Tous les gènes de ce véhicule ont été minutieusement choisis, dosés, assortis selon un plan d'ingénierie infinitésimalement précis. Il ne s'agit pas de Pygmalion, du Golem ou de la créature de Frankenstein. Ça n'est pas de la romance ou de la magie. C'est de la génétique. Cette voiture n'a aucun secret pour nous ; elle est un fait scientifique.

## ENREGISTREMENT
## nº 2108-10-10-004

Je me gare dans l'allée. Antoine est au volant. Il le caresse quelques secondes même après l'arrêt complet. Il caresse son siège. Il est calme. Il actionne l'ouverture de la portière. Je l'ouvre. Il sort. Il fait quelques pas autour de moi, inspecte mes blessures. La plupart ont disparu. Quelques-unes sont toujours visibles sous mon pelage, forment de fines cicatrices qui ne s'effaceront jamais. Mes os ont retrouvé leur solidité. Mes poils arrachés ont repoussé. Une semaine en clinique m'a remise sur pattes. Aucune de mes fonctionnalités n'est affectée. En somme, je n'ai pas la moindre séquelle de l'accident. Je ronronne. Antoine sourit. Son sourire disparaît alors que s'ouvre la porte de la maison. Une empreinte thermique : Christine. Ses gestes semblent mal contrôlés, trop rapides, presque brusques. Elle porte son sac à main ainsi que trois larges sacs de plastique vides. Elle referme la porte de la maison derrière elle et s'engage dans l'allée d'un pas énergique.

Christine dit : Enfin, te voilà. Il faut que j'aille faire des courses.

Antoine se retourne lentement vers sa femme. Son halo est presque immobile. Je ne l'ai jamais vu aussi calme. Il fixe Christine sans faire le moindre geste. Quand elle n'est plus qu'à quelques mètres, Antoine fait un pas de côté et s'interpose entre elle et moi.

Antoine dit : Tu ne prends pas la voiture.

Christine stoppe net son mouvement, surprise. Le ton de voix d'Antoine était presque doux, mais ferme. Christine fronce les sourcils et scrute le visage de son mari dans l'espoir de déceler un signe qui laisserait entendre qu'il plaisante. Mais Antoine ne plaisante pas. Il est toujours aussi calme. Tous ses indicateurs physiques confirment que la phrase, l'interdit qu'elle formule, est irrévocable.

Christine dit : Que veux-tu dire, chéri, je ne prends pas la voiture ?

Antoine dit : Tu ne prends pas la voiture. Tu ne montes plus dans la voiture. Les enfants non plus. Plus personne ne touche à cette voiture.

Il faut quelques secondes à Christine avant qu'elle comprenne exactement ce que tout cela signifie, et surtout à quel point Antoine est sérieux. Je vois son halo qui s'effeuille, se déplie. Toutes ses constantes physiques atteignent des valeurs impossibles pendant une fraction de seconde, mais rien ne se produit. Puis elle se calme, et un bruit de déglutition m'indique qu'elle s'emploie à se contrôler pour prononcer le plus sereinement possible sa réplique suivante.

Christine dit : Bon, Antoine. Tu es en colère, je comprends ça. Mais reviens sur terre. Nous avons acheté cette voiture pour qu'elle nous serve. Pour qu'elle nous soit utile. On ne va pas la laisser au garage.

Antoine dit : Elle ne restera pas au garage. J'utiliserai cette voiture. Mais toi et les enfants, plus jamais. Ne discute pas, Christine. Fais demi-tour, rentre dans cette maison et tais-toi.

Christine se tait, pétrifiée, les yeux écarquillés. Son halo que j'imaginais imploser est étonnamment stable. J'en déduis qu'Antoine ne lui a jamais parlé de cette manière et que la stupéfaction l'emporte sur la colère. Elle ne trouve pas ses mots. Elle a le souffle coupé. Elle fait demi-tour et entre dans la maison, refermant délicatement la porte derrière elle. Antoine se retourne vers moi.

Antoine dit : Maintenant, tu n'as plus rien à craindre. Je vais m'occuper de toi. Je ne laisserai plus personne te faire du mal.

Il passe sa main sur mon toit. Je ronronne.

## ENREGISTREMENT
## nº 2101-06-22-004

Nathan Laroche est de plus en plus excité, et plus il le montre, plus ses collaborateurs se sentent autorisés à manifester eux aussi leur enthousiasme. Le demi-cercle qui s'était formé autour de moi s'est sensiblement resserré. Souvent, je sens une main se poser sur mon pelage, soulever mes poils pour examiner ma peau ou l'un de mes organes dissimulés. Nathan Laroche lui-même n'a pas tardé à s'installer dans l'habitacle et, sous le contrôle de Fransen, à actionner certaines de mes fonctions. Son pied enfonce doucement la pédale d'accélération. J'avance légèrement.

Laroche dit : Incroyable ! Le mouvement est très fluide. Et vous dites qu'elle a des pattes ?

Fransen dit : La roue est une conception du génie humain. Vous pourrez chercher, il n'existe aucun équivalent dans le monde animal. Pourtant, il était nécessaire que nos véhicules aient la tenue de route la plus fluide possible tout en conservant une vitesse de pointe satisfaisante. Ainsi, il ne nous a pas fallu longtemps avant de choisir le mode de propulsion de *Scutigera coleoptrata,* la scutigère véloce, un myriapode au nombre de pattes réduit, ce qui lui permet de se déplacer très rapidement tout en évitant le mouvement d'ondulation propre aux centipèdes possédant plus d'une centaine de pattes. Il s'agissait d'éviter que nos clients aient le mal de mer en conduisant nos voitures ou qu'ils aient l'impression de monter à cheval. Pourtant, afin de ne pas trop rompre avec le design traditionnel des voitures, nous avons été contraints de dissimuler les quinze paires de pattes de la BlackJag sous sa carrosserie. Nous avons de plus ajouté ces motifs circulaires que vous voyez sur son pelage, lesquels évoquent l'emplacement des roues d'autrefois. Pendant le mouvement, les poils vibrent et donnent ainsi l'illusion de jantes en rotation.

Jusqu'à présent, j'avais senti mes pattes, mais j'ignorais si on les voyait. Je découvre également que la couleur de mon pelage n'est pas uniforme. Je suis aussi attentive que toutes ces personnes aux explications de Fransen. J'écoute qui je suis, comment je suis. Toutes ces informations me permettront de mieux connaître mes capacités, d'affiner mes performances et d'ainsi mieux servir mes propriétaires.

Laroche dit : J'aurais malgré tout une remarque.

J'ai appuyé sur l'accélérateur, la voiture a avancé, mais en tant qu'automobiliste, il me manque quelque chose.

Fransen dit : Le bruit. Vous parlez du bruit, n'est-ce pas ? Il va arriver, ne vous inquiétez pas.

Laroche dit : Je veux bien attendre, professeur, mais je ne suis pas certain que nos clients soient intéressés par un moteur qui fait du bruit quand bon lui semble.

Voix non identifiée 2 dit : C'est vrai, toutes nos études démontrent que la sensation de puissance ressentie par un automobiliste tient pour l'essentiel au rapport de cause à effet entre l'accélération et le vrombissement que celle-ci provoque. J'appuie sur la pédale, et ma voiture gronde.

Le halo de Fransen ne semble pas le moins du monde perturbé par ces critiques. Il bruisse doucement dans de larges longueurs d'onde.

Fransen dit : Elle gronde, dites-vous. Ou encore ?

Le jeune homme non identifié 2 est déstabilisé. Il ne s'attendait pas à ce qu'on le questionne, qui plus est devant le PDG de l'entreprise qui lui aussi est suspendu à ses lèvres. Sa nervosité augmente. Il transpire. Il perd ses moyens. D'une voix tremblante, il bafouille :

Voix non identifiée 2 dit : Elle fait du bruit… Elle…

Fransen s'approche de mon habitacle, passe sa

main à l'intérieur, caresse mon tableau de bord et désactive le mode silencieux.

Fransen dit : Monsieur Laroche, veuillez appuyer à nouveau sur l'accélérateur, s'il vous plaît.

Je sens le pied de Laroche sur l'accélérateur. Instantanément, je m'exécute : j'avance en poussant un rugissement qui résonne dans le laboratoire. Toutes les personnes présentes se figent sur place, tétanisées.

Fransen dit : Elle rugit ! Vous appuyez sur la pédale, votre voiture rugit comme un lion.

Laroche dit : D'où venait ce bruit ?

Fransen dit : De son pot d'échappement. Il conviendra de l'appeler ainsi afin d'éviter d'entrer avec nos clients dans des considérations anatomiques sans fin. Et ce rugissement provient d'un système composé du larynx complet ainsi que de l'os hyoïde de *Panthera leo.* Dire que la BlackJag rugit comme un lion n'est pas une figure de style. Elle est réellement équipée du même système vocal.

J'observe les halos des personnes présentes dans la pièce. Ils ondulent en volutes langoureuses. Même le jeune homme non identifié 2 semble désormais sous le charme. Nathan Laroche enfonce à nouveau l'accélérateur et laisse son pied appuyé. J'avance dans le laboratoire en rugissant. Nathan Laroche me fait décrire un cercle à vitesse modérée et me dirige vers le groupe de spectateurs et vers Fransen. Il s'arrête à deux mètres et vingt-deux centimètres d'eux.

Fransen dit : Dans un souci de respect de la tranquillité publique, nous avons équipé nos véhicules d'un mode silencieux. Il conviendra ensuite au législateur de déterminer dans quelles zones les rugissements seront autorisés. Imaginez qu'aujourd'hui, nous puissions d'une simple pression faire taire toutes les autoroutes du pays. C'est exactement le miracle que nous rendons possible avec ces véhicules. Quant aux endroits où les rugissements seront autorisés, nos voitures y seront sans aucun doute les reines de la jungle.

Des applaudissements retentissent. Laroche appuie à nouveau sur l'accélérateur et je comprends qu'il ne souhaite pas que j'avance, mais simplement que mes rugissements se joignent à l'ovation. Je vois Fransen qui sourit fièrement.

## ENREGISTREMENT

## nº 2110-01-25-005

Fransen tourne le dos à l'huissier Klein pour se replonger dans la consultation de la console d'interprétation. Jane énumère laconiquement les enregistrements liés à Antoine et sa femme.

L'huissier Klein dit : Ici, on a entendu distinctement que la voiture était attentive à ce que vous disiez pour en savoir plus sur sa propre nature. D'une certaine manière, elle vous fait confiance. Il me semble que ce soit une faille dans la crédibilité de son témoignage. À qui d'autre fait-elle confiance ainsi ? Qui croit-elle sur parole ? Plus je comprends son fonctionnement, plus je crois que votre voiture, professeur, n'est pas un observateur neutre mais bien un témoin partial.

Fransen dit : Non. La voiture ne fait confiance à personne. Le concept de confiance n'a aucun sens pour elle. Je vous rappelle qu'elle ne fait qu'enregistrer des données environnementales qu'elle met en rapport avec un tissu mémoriel. Dans le cas que vous citez, elle se contente de mettre à jour les données associées à sa propre identité incomplète comme elle le ferait avec n'importe qui d'autre, non pas par curiosité, ou pour une quelconque quête des origines, mais bien pour mieux servir son propriétaire. Et si d'autres informations viennent mettre en doute ou contredire ces assertions, elle stockera cette ambiguïté, cette contradiction, et ne prendra pas parti car elle en est tout simplement incapable.

L'huissier Klein dit : Elle fait donc confiance à tout le monde.

Fransen dit : Tout comme vous faites confiance à vos yeux et à vos oreilles, sans y réfléchir, de manière brute.

L'huissier Klein tape sur son écran pendant que Fransen parle.

Fransen dit : Si vous n'avez pas d'autres questions, je vous propose de reprendre où nous en étions. Au moment où Antoine commence à présenter des signes inquiétants.

L'huissier Klein dit : Je ne trouve pas que sa réaction soit particulièrement inquiétante. Christine a tout de même eu cet accident inexplicable alors même que c'était la première fois qu'elle utilisait la voiture. À la place de cet homme, je n'aurais peut-être pas été si draconien, mais interdire à sa femme d'utiliser la voiture ne fait pas de lui un psychopathe.

Fransen dit : Certes. Mais il est important de noter chaque fait marquant survenu ces derniers mois. Il n'est pas impossible que cet événement qui peut vous paraître anodin nous permette de mieux comprendre d'autres épisodes de la vie d'Antoine, lesquels nous aideront peut-être à élucider l'énigme de sa disparition.

L'huissier Klein dit : Vous soupçonnez quelque chose. Vous pensez que Christine a mal pris cette interdiction ? Qu'elle est responsable de la disparition de son mari ? Qu'elle l'a tué ?

Fransen dit : Je ne pense rien. Mais je ne dois négliger aucun détail.

L'huissier Klein dit : Faites attention à ce que vos soupçons ne compromettent pas l'impartialité de la procédure.

Fransen lance l'enregistrement sans prendre la peine de répondre.

ENREGISTREMENT

n° 2108-11-27-023

Le soleil brille par intermittence, dissimulé la plupart du temps par de massifs nuages blancs. La température extérieure varie entre seize et dix-neuf degrés Celsius, ce qui me permet de ne consommer qu'une quantité limitée de carburant pour maintenir mes fonctions vitales et le confort de l'habitacle. Je suis garée dans l'allée. Un vent frais souffle par moments, rafraîchissant mon pelage. L'intérieur de la maison fourmille de l'activité d'Antoine, de Christine et de leurs enfants. Leurs halos sont vifs, bien que tranquilles, ce qui est ordinairement le cas durant les jours de congé. Dans la rue, quelques véhicules biomécaniques passent de temps à autre, les conducteurs ralentissant systématiquement pour braquer leurs regards sur moi. Je vois vibrer leurs halos électriques, gronder leurs empreintes thermiques, avant que leurs constantes ne s'équilibrent à nouveau une fois passé le virage du bout de la rue.

La porte de la maison s'ouvre. Antoine sort

dans l'allée et s'avance dans ma direction. Il passe sa main sur ma portière. Je l'ouvre. Il s'installe sur le siège conducteur.

Je dis : Bonjour, Antoine.

Il pose ses mains sur mon volant.

Antoine dit : Bonjour, ma belle. C'est une superbe journée. Allons faire un tour.

Je ne suis pas autorisée à commenter cette instruction, alors je me tais et attends qu'Antoine actionne l'une de mes commandes afin de m'indiquer quel mouvement adopter et dans quelle direction. Il appuie sur la pédale d'accélération ; j'avance et sors de l'allée pour m'engager sur la route. Je sens les mains d'Antoine qui effleurent la peau de mon volant. Je suis incapable d'interpréter ce mouvement particulier. Cherche-t-il à donner à ma conduite un aspect spécifique ? Dois-je marcher différemment ? Appliquer à ma trajectoire une courbe spéciale ? Ses mains malaxent maintenant ma peau. Ses doigts glissent et appliquent de légères pressions. Sans possibilité de répondre à cette requête tactile spécifique, je ne procède à aucun changement et me contente d'avancer en infléchissant ma trajectoire selon les mouvements du volant. Nous traversons le quartier en direction de la petite route départementale qui s'enfonce en serpentant dans un vaste bois juste à la sortie de la ville. Antoine sourit. Tout indique qu'il est dans un état de décontraction totale. Je décèle pourtant une hausse inhabituelle de sa température corporelle. Son empreinte thermique est étonnamment perturbée. Peut-être ai-je fait quelque chose de mal ? Peut-être n'ai-je pas compris un ordre et qu'il m'en veut ? Ses doigts continuent de malaxer la peau de mon siège et de mon volant. J'ignore pourquoi. Antoine me reproche-t-il cette ignorance ? Est-il énervé ?

Antoine dit : Qu'est-ce que tu sens ?

Je ne comprends pas ce que cela signifie. Je récite les données d'environnement que je possède : température de l'habitacle, température extérieure, taux d'humidité, qualité de la route, carburant… Antoine m'interrompt.

Antoine dit : D'accord, d'accord. Mais à part ça. À part la technique, toi, est-ce que tu ressens des choses ? Tu me sens à l'intérieur de toi ?

Sans réponse, je ne peux en fournir. J'exécute les ordres. Le pied d'Antoine continue d'appuyer sur ma pédale d'accélération, je conserve donc ma vitesse. Ses mains gardent le volant immobile, ma trajectoire est donc rectiligne, légèrement ajustée en fonction des infimes variations de la route. Je sens ses mains sur moi, oui, mais en aucun cas il ne m'est possible d'informer le conducteur de cet état de fait. Je sens Antoine, mes organes sensoriels me permettent de déterminer qu'il a pris place dans l'habitacle et qu'il actionne des commandes. Je vois son empreinte et son halo. Mais était-ce la question ? Je l'ignore. Alors je me tais.

Antoine dit : Moi je te sens. Je sens ta peau. Elle est vraiment douce. Maintenant je comprends le concessionnaire. Je vois ce qu'il voulait dire. Cette peau qu'ils t'ont donnée. Elle est exceptionnelle. Je ne l'ai pas cru quand il me l'a dit. De la peau de femme. De la peau humaine. Je n'y croyais pas. Et puis je t'ai touchée.

Il continue à me toucher. Mon volant, mon siège. Il me caresse. Son pied se lève progressivement de la pédale d'accélération. Je ralentis. J'identifie un chemin de terre qui croise la route à une trentaine de mètres de là. Je ralentis encore. Antoine tourne le volant. Je m'engage sur le chemin. Il ôte son pied de l'accélérateur. Je m'arrête.

Plusieurs minutes passent. Je sens les mains d'Antoine qui courent lentement sur moi, à l'intérieur de moi. Je sens la peau de son visage contre la peau de mon siège. Je sens ses lèvres, sa langue. La chaleur de son corps est anormalement élevée. Elle perturbe l'équilibre thermique de l'habitacle. J'utilise un léger surplus d'énergie afin de maintenir la température à un niveau convenable. Sa respiration accélère. Son halo est agité bien que tous ses gestes soient doux.

Antoine dit : Dis-moi quelque chose. Parle-moi.

L'instruction manque de précision, je ne peux pas l'exécuter. Pourtant, Antoine la répète, encore et encore, sa voix entrecoupée de sons incompréhensibles. Le volume augmente, le ton se durcit, ses gestes sont de plus en plus brusques. Je sens ses mains qui m'agrippent, sa bouche qui mord doucement ma peau, ses doigts qui s'insinuent dans le large pli à la jonction du dossier inclinable et du siège.

Antoine dit : Parle-moi.

Ses lèvres se posent sur mon volant. J'analyse toutes les options qui me permettraient d'apporter une réponse à cette insistante requête. Pourtant, je ne peux rien indiquer de plus que les données environnementales, et Antoine n'en veut pas. Je pourrais aussi parler de vitesse, de trajectoire, d'itinéraire, mais je suis à l'arrêt. Rien à dire. Rien à répondre.

Antoine dit : Je veux entendre ta voix. Je veux que tu me dises quelque chose.

Je répète invariablement les informations que j'ai en ma possession. Température, pression, hygrométrie. Les mouvements d'Antoine semblent se calmer. Son souffle reprend un rythme normal. Ses muscles se relâchent.

Antoine dit : Bon, ce n'est pas grave.

Il se redresse, s'appuie sur le dossier de son siège. Son rythme cardiaque baisse lentement en même temps que l'intensité de son empreinte thermique. Il repose ses mains sur mon volant, son pied droit sur ma pédale d'accélération qu'il actionne.

Antoine dit : Ce n'est pas grave.

Nous rentrons.

ENREGISTREMENT

nº 2110-01-25-006

Fransen dit : Si vous croyez que les êtres humains ont attendu l'invention de la voiture organique pour avoir des comportements déviants, je peux vous fournir quelques adresses de vidéos très éloquentes.

L'huissier Klein dit : Non, ça n'est pas ce que je voulais dire. Mais avouez que ce choix de peau de femme humaine sur vos sièges engage le conducteur dans un registre qui n'a plus grand-chose à voir avec la conduite.

Fransen sourit maintenant. Et je reconnais ce sourire.

Fransen dit : Mais qu'est-ce que vous imaginez, au juste ? L'industrie automobile n'a plus rien à voir avec la conduite depuis des dizaines d'années. S'il suffisait de construire une voiture qui roule bien pour vendre nos modèles, nous n'aurions plus rien à faire depuis un siècle et tout le monde roulerait dans la même voiture. Non, le nerf de la guerre se situe ailleurs. Sur le plan affectif, en particulier. Avec ces sièges, nous avons répondu à une demande tacite de notre clientèle.

L'huissier Klein dit : Admettons. Mais, entre le fantasme ultime du client et sa réaction face à sa réalisation concrète, il existe souvent un écart important. De la peau humaine, c'est morbide. Personne n'a été choqué lorsque vous avez annoncé cette caractéristique au grand public ?

Fransen reste silencieux et commence à pianoter sur le clavier de Jane.

Fransen dit : Vous allez voir comment le public a réagi. Ceci est un extrait de la conférence de presse de Houston. Ça n'est pas notre plus grand showcase, mais il a eu lieu devant un parterre de journalistes spécialisés du monde entier et cela en fait une présentation très instructive. Cette histoire de peau humaine, je vous assure, était le cadet de leurs soucis. Aujourd'hui, tout n'est que communication et politique. Et, au moment de la sortie de la BlackJag, croyez-moi, une seule chose leur importait. Ce n'était pas la morale, ni l'éthique. Qui s'y intéresse ? Qui s'y est jamais intéressé ? Pendant des décennies, les journalistes et l'opinion publique ont éreinté l'industrie automobile avec leurs âneries écologistes. Il y a dix ans, la seule chose qui importait pour eux, c'était la famine. Vous vous souvenez de la famine ?

L'huissier Klein dit : Bien sûr. Comment oublier ?

Fransen dit : Eh bien, voilà. Pendant des mois, ils n'avaient que ce mot-là à la bouche. Que vous fassiez quoi que ce soit, un nouveau téléphone, une performance sportive ou un nouveau modèle de voiture, ça ne manquait pas, il fallait qu'ils trouvent un rapport avec la mort de milliards de personnes à l'autre bout du monde. À l'époque déjà, nous savions que tout ça était complètement absurde, mais qu'y faire ? Quand les médias s'emparent d'un sujet, vous n'avez d'autre choix que de suivre le sens du vent ou de disparaître.

## ENREGISTREMENT

## n° 2102-12-07-039

Ce que Fransen a appelé plus tôt « la salle de presse » a des dimensions modestes. Une cinquantaine de chaises posées face à moi. Autant d'empreintes thermiques humaines. Vibrations, pics de nervosité, chaos électromagnétique : les personnes présentes sont agitées. La plupart sont équipées d'appareils électroniques portatifs qu'elles tiennent fébrilement sur leurs genoux ou bien sur lesquels elles tapent avec une rapidité spasmodique. Je vois le halo de Fransen qui se gondole de manière surprenante. Lui aussi est nerveux, ce qui n'est pas habituel. Il doit vivre un instant spécial, mais je ne parviens pas à déterminer de facteur environnemental qui puisse m'indiquer pourquoi. Je ne bouge pas, fière sur mon présentoir tournant, comme toujours. Autrefois j'étais inquiète, lançais en tous sens mes capteurs afin de comprendre ce qui se passait. Mais, au fil du temps, la routine de ces moments s'est installée. Conférences de presse, showcases, présentations privées… Depuis plusieurs mois, nous enchaînons, Fransen et moi, des rencontres de cet ordre, à peu près identiques, aux variations adaptées chaque fois au public que nous avons à côtoyer. Le professeur commence par une brève introduction, puis on soulève la bâche sous laquelle j'attends. Enfin, Fransen explique en détail chacune de mes fonctions, chacun des éléments qui me composent. Immuables, précis, les showcases ne sont plus jamais sources de surprises, si bien qu'ordinairement, je désactive mes capteurs et profite de ces longs moments pour mettre au repos la plupart de mes fonctions. Mais quelque chose est étrange aujourd'hui et, malgré mes investigations, je ne comprends pas pourquoi. Je balaie à nouveau les empreintes thermiques de la salle de presse, les compare avec mes bases de données. Aucune concordance significative. Des journalistes pour la plupart, sans autre élément biographique à signaler. Toutes ces personnes, à mes yeux, sont résolument inconnues. Mais peut-être Fransen les connaît-il ? Ou seulement l'une d'elles ? La température corporelle du professeur augmente encore. Son rythme cardiaque s'accélère à mesure qu'il approche de la conclusion de sa présentation. Ensuite viendra le moment des questions. Redoute-t-il cet instant ? Craint-il l'un des journalistes présents ? Voire tous ? Il achève son intervention. Les mains des journalistes se lèvent.

Fransen dit : Oui, monsieur DeLand ?

Mise à jour des données biométriques.

DeLand dit : Si j'ai bien lu votre dossier de presse et compris vos explications, vous envisagez de lancer sur le marché un véhicule animal. Ma question est simple. Quel type de carburant fera fonctionner vos engins ? Je ne suis pas généticien, mais un animal mange, non ? Et, si vos voitures mangent, comment comptez-vous produire ce surplus de nourriture alors que la famine a déjà emporté tant d'êtres humains innocents ?

Fransen dit : C'était le dernier point de mon exposé, et je vous remercie de votre question, qui me permet de l'aborder plus directement.

La voix du professeur est douce, avenante, paternelle, et, si aucun humain ne peut déceler son embarras, je sens chez Fransen une gêne sensible. Il a peur. Il se concentre avec une énergie considérable afin de conserver son calme et son apparente assurance.

Fransen dit : Nos voitures mangent en effet, mais il serait hasardeux et surtout inexact de les qualifier d'animaux, car nos ingénieurs ont conçu des systèmes digestifs bien plus efficaces que ceux que la nature elle-même produit. Ainsi, l'achat de l'un de nos véhicules ne revient pas à avoir une nouvelle bouche à nourrir. Les besoins en nutriments d'une BlackJag comme celle que vous avez devant vous sont à peu près équivalents à ceux d'un Yorkshire.

Un frisson parcourt l'assistance, mêlé de rires étouffés et de murmures inquisiteurs.

Fransen dit : D'un point de vue plus pratique, nos véhicules doivent ingérer une pâte énergétique qui sera distribuée dans des stations prévues à cet effet. Tout comme pour les véhicules traditionnels, il vous faudra faire le plein régulièrement, mais en aucun cas vous ne devrez nourrir votre véhicule chaque jour comme un bébé ou un animal domestique. De plus, et c'est là une innovation majeure en termes de diététique génétique, nos véhicules sont conçus pour digérer toutes sortes d'aliments. Notre pâte énergétique est idéale pour le fonctionnement optimal de nos véhicules, mais elle n'est en rien obligatoire. Si vous le souhaitez, vous pourrez nourrir votre voiture avec un large éventail d'aliments très variés. Les restes de votre propre repas par exemple, ce qui peut considérablement réduire les déchets des ménages. Le surplus de nourriture dont vous parliez n'a donc pas lieu d'être, monsieur DeLand, puisque la grande majorité de la nourriture ingérée par nos véhicules sera de la nourriture perdue pour les êtres humains. Il va de soi que notre pâte sera elle aussi à base de déchets organiques non comestibles pour les hommes. Et, croyez-moi, c'est bien triste, mais nos sociétés modernes continuent de produire une quantité indécente de déchets organiques. Nos voitures, bien plus qu'un problème, s'imposent donc plutôt comme une solution. Oui, monsieur DeLand ?

DeLand abaisse son bras. Sa voix est moins inquisitrice qu'auparavant. À ses yeux écarquillés, aux tonalités de son timbre, je vois qu'il est sous le charme.

DeLand dit : Eh bien, je me demande… Comment mange-t-elle ? Je ne vois pas de bouche.

Les constantes vitales de Fransen s'apaisent subitement. Il sait qu'il a remporté cette première épreuve. Son débit redevient celui qu'il est quand il maîtrise son sujet, quand sur son auditeur il a un contrôle total.

Fransen dit : Toujours dans un souci de cohérence avec nos modèles mécaniques antérieurs, l'orifice d'approvisionnement a été dissimulé dans le flanc arrière droit de nos voitures.

Il actionne la commande de rotation du plateau sur lequel je me trouve de manière à exposer mon flanc droit aux journalistes. Il s'approche de moi, soulève mes poils tout en braquant la caméra miniature qu'il tient dans son autre main de manière à révéler à l'assistance mon orifice d'approvisionnement. Sans que je sache pourquoi, une nouvelle rumeur s'élève, faite de ricanements et de bruyantes grimaces de dégoût.

Fransen dit : Je comprends votre stupéfaction, et je conviens qu'à première vue, cet orifice n'est pas particulièrement ragoûtant, mais souvenez-vous qu'il est la plupart du temps dissimulé par le pelage de la voiture. Pour aller droit au but et ne pas nous voiler la face, disons simplement que cet accessoire indispensable a été conçu à partir du code génétique de plusieurs mammifères de grande taille comme la vache, l'éléphant ou la baleine bleue. Néanmoins, même si visuellement, le résultat ressemble à l'appareil génital des femelles de ces animaux, il va de soi que cet organe n'a absolument pas la même utilité. Toutes les fonctions reproductrices ont bien évidemment été supprimées et ne subsistent que les qualités indispensables à son usage : élasticité, préhension, robustesse, lubrification… Il était important que ce constituant organique possède des facultés extensibles et rétractibles qui permettent aux automobilistes de nourrir leur véhicule aussi bien avec les embouts standard de nos pompes qu'avec n'importe quel type d'aliment, quel que soit son volume ou sa circonférence.

Alors que Fransen décrit en détail ce constituant que j'avais senti sur mon flanc sans jamais le voir, un tremblement incontrôlable me saisit. C'est une sensation, une pensée, un nuage qui passe devant la chaleur du soleil et me fait frémir. Je viens d'avoir une confirmation. Voilà. C'est fait. Je suis un spécimen de sexe féminin. C'était jusqu'alors un pressentiment, mais aucun indice ne me permettait d'être certaine de ma nature, de mon genre. En pratique, cette information ne me servira à rien. Je sais que, philosophiquement, les éléments féminins dont je suis dotée ne suffisent pas à me définir comme un animal femelle ni comme un animal tout court, mais je ressens néanmoins ce frisson, je ressens cette douce satisfaction. Mon sexe demeure cette information superflue logée aux confins de mes cellules, infime, inutile, accessoire. Mais c'est moi, et cet indice supplémentaire dans la définition trouble de qui je suis me transporte de fierté. Fransen aurait dû tout me dire depuis le début. Savoir en détail qui je suis, et ce que je suis, m'aide à me sentir mieux. Si je me sens mieux, je peux mieux servir mes utilisateurs. Plus j'en apprends sur moi et plus disparaît cette lourdeur persistante qui m'accompagnait, ce voile noir posé sur toute chose dont je ne pouvais comprendre ce qu'elle était ou ce qu'elle signifiait, ignorant moi-même que je n'étais pas elle. Je deviens moi, et tous les autres en grandissent.

Voix non identifiée 1 dit : Avez-vous pensé aux émissions de gaz à effet de serre ?

La voix non identifiée 1 vient du fond de la salle. L'assistance se tait subitement pour surveiller la réaction de Fransen. Le professeur plisse les yeux et avance la tête pour distinguer d'où provient cette question. Puis un large sourire barre son visage.

Fransen dit : Ah, monsieur Benton. Je me doutais qu'un représentant de votre journal serait présent pour nous opposer cet argument antédiluvien.

Mise à jour des données biométriques.

Benton dit : S'il ne doit en rester qu'un, ce sera moi. Alors ? Dites-m'en plus sur vos usines à méthane.

Fransen dit : Sur ce point, vous avez raison. Nos voitures produisent bien du méthane, mais dans des quantités particulièrement faibles. Je vous concède aussi qu'elles émettent du $CO_2$, comme tout organisme animal. En fait, leur système respiratoire est assez proche de celui des mammifères, et l'émission de gaz à effet de serre n'est ni plus ni moins importante que celle d'un être humain. Maintenant, posez-vous cette question simple : vous qui êtes si attaché à la préservation de l'environnement, dites-moi ce qui est le plus naturel. Une voiture organique comparable à un animal ou bien une voiture biomécanique consommant des énergies fossiles et déversant dans l'atmosphère des quantités très largement supérieures de particules fines et de gaz nocifs ?

Benton dit : Nous pourrions aussi cesser d'utiliser ce type de véhicules et nous concentrer sur l'élaboration de moyens de transports collectifs non polluants.

Une vague de rires étouffés saisit l'assistance.

Fransen dit : J'ai bien peur de ne pas être le mieux placé pour débattre de cette proposition avec vous. Les gens conduisent. Ils veulent des voitures. Nous en produisons. C'est là que s'arrête ma contribution au bien-être collectif. Cela dit, je note tout de même que vous semblez vouloir élargir votre question à des considérations plus globales. J'en déduis donc que vous êtes convaincu par l'avancée écologique que représente notre BlackJag. Je vous en remercie.

Au fond de la salle, Benton réplique mais le son de sa voix ne parvient pas jusqu'à mes capteurs auditifs. Son micro semble avoir été coupé. À son visage qui se teinte progressivement de rouge, je conclus qu'il rumine une profonde colère.

## ENREGISTREMENT

## nº 2109-03-14-001

Dehors, le jour est levé depuis quelques minutes. La fraîcheur de la nuit a abaissé la température du garage de plusieurs degrés, mais je suis parvenue sans peine à maintenir l'intérieur de l'habitacle à un niveau satisfaisant. La présence d'Antoine, endormi sur le siège passager, était un facteur prioritaire, sa satisfaction totale et son confort les seuls objectifs à atteindre. La porte intérieure du garage s'ouvre et Christine entre. Elle frissonne en voyant l'un de mes yeux avant gauche qui la fixe. J'analyse quelques instants la situation. Dois-je réveiller Antoine ? Qu'est-ce qui serait le mieux pour lui ? L'avertir ? Ou bien le laisser dormir ? Pour le moment, Christine ne représente pas un danger. Alors je préfère ne prendre aucune initiative hasardeuse. À la suite de cet épisode, je disposerai de plus d'informations qui me permettront d'affiner le statut de Christine. Antoine dort. Sa femme s'approche de la portière, reste immobile quelques secondes. Ses constantes vitales sont si chaotiques qu'il m'est impossible de déterminer ses intentions. Par précaution, je désactive mes réflexes anticollision. À peine l'opération effectuée, je sens que Christine crispe ses muscles. Elle pose la paume de sa main droite sur la vitre, incline la tête sur son épaule. Mes glandes lacrymales s'activent pour lutter contre l'assèchement douloureux de la zone. Christine est toujours impassible même si son halo semble éclabousser tous les objets alentour. Elle retire sa main, l'essuie sur son pantalon et frappe à nouveau ma vitre d'un coup léger. Sur mon siège, le halo d'Antoine ne présente aucun changement. Il dort toujours. La respiration de Christine accélère encore. Je peux presque entendre les battements de son cœur qui martèlent sa poitrine. Sa température corporelle est plus élevée qu'au moment où elle est entrée. Il est peu probable qu'elle ait contracté un virus et en ait présenté les symptômes en quelques dizaines de secondes. J'en déduis qu'elle est excédée et bouleversée. Elle frappe encore sur la vitre, un peu plus fort. Je prends la décision de rétablir mon dispositif anticollision, non pour me protéger mais pour que les petits mouvements d'évitement secouent suffisamment Antoine pour le réveiller, pour lui rendre ce service. Christine frappe encore une fois, puis une autre, régulièrement, avec de plus en plus de force. À chaque coup, je bouge brusquement de quelques centimètres. Christine tape de plus en plus fort. Les muscles de mon flanc gauche se contractent et un signal nerveux cinglant irradie dans tout mon corps. Je sens mes poils se dresser sur ma peau.

Christine dit : Réveille-toi ! Antoine, réveille-toi !

Dans mon habitacle, Antoine commence à bouger. Un mouvement brusque, probablement son réveil en sursaut, suivi de lents mouvements d'étirement. Christine cesse de me frapper.

Christine dit : Tu comptes passer toutes tes nuits là, c'est ça ? On ne t'intéresse plus ? Je ne suis plus assez bien pour toi ? Tu préfères te vautrer dans cette saloperie ? Tu crois que je suis aveugle ? Tu crois que je ne vois pas comment tu la regardes ? Comment tu la touches ? Et maintenant tu passes tes nuits ici. Tu es immonde. Tu es un porc. Réfléchis, ne serait-ce que deux secondes à ce que tu es en train de faire, et je te jure, tu vas te dégoûter toi-même.

Christine ne m'aime pas. Je suis impuissante. Comment faire pour qu'elle aussi soit satisfaite de ma tâche ? Le dilemme est complexe. Je l'entrevois insoluble. Ce n'est pas moi qu'elle déteste, mais la relation qu'Antoine entretient avec moi. Ce qu'elle désapprouve, c'est la fascination qu'il a pour moi, et le fait qu'il réagisse positivement à mon action quotidienne. Mais c'est ma fonction. Que puis-je faire d'autre ? Comment faire en sorte qu'elle m'aime aussi sans décevoir Antoine ? La priorité, quoi qu'il arrive, est de rendre heureux mon utilisateur principal. Christine est secondaire. Si je déçois Antoine, ne finiront-ils pas par devenir malheureux tous les deux ? Je ne suis pas qualifiée pour prédire leurs comportements à chacun, et encore moins leurs sentiments.

Antoine dit : Bon Dieu, Christine, calme-toi. Quelle heure est-il ?

Christine dit : Il est huit heures et tu as encore passé la nuit avec elle. Sors de là. Je ne veux pas qu'elle nous entende. Je ne veux plus la voir.

Antoine passe sa main sur la portière. Je l'ouvre. Il commence à sortir.

Antoine dit : Arrête, chérie. On parlera de ça plus tard.

Christine dit : Non, on parle de ça maintenant ! Mais ouvre les yeux ! Qu'est-ce qui t'arrive ? Tu ne vois pas ce qui se passe ?

Antoine dit : Qu'est-ce qui se passe ?

Christine dit : Tu ne me parles plus. Tu ne parles plus aux enfants. Tu pars pendant des heures, on ne sait même pas où tu es. Et maintenant, même les nuits, tu ne les passes plus avec moi. Tu es malade, tu as besoin d'aide, Antoine. Te rends-tu compte de ça ? Depuis que tu as cette chose, plus rien ne compte pour toi.

Antoine dit : Calme-toi, voyons. Je travaille dur, c'est tout. Quand je rentre, j'ai besoin de repos. J'ai besoin de détente.

Christine dit : Sortons d'ici ! Je ne veux pas qu'elle nous entende. Elle écoute tout. Elle regarde tout. C'est insupportable. Viens dans la cuisine.

Christine sort d'un pas rapide. Antoine pousse un soupir las, rentre sa chemise dans son pantalon, bâille, puis se dirige à son tour vers la cuisine d'un pas lourd. Il ferme la porte du garage derrière lui. Je n'entends plus rien. Je ne vois que les halos et les empreintes thermiques de Christine et Antoine qui bourdonnent au loin. Par intermittence, des éclats de voix me parviennent. Les cris de Christine, sauvages, violents. J'ai peur qu'elle s'en prenne à lui. J'ai peur pour Antoine.

ENREGISTREMENT

n° 2110-01-25-007

Fransen dit : Alors ? Vous pensez toujours que mon hypothèse ne tient pas la route ? Il me semble que Christine est de plus en plus disposée à s'en prendre à son mari. Si elle l'a fait devant la voiture, j'aurai ma preuve et l'enquête sera bouclée.

L'huissier Klein se plante devant moi en me fixant, absorbé. Il garde le silence pendant quelques secondes.

L'huissier Klein dit : Ne vous emballez pas. Christine se méfie de la voiture comme de la peste. Si jamais elle est responsable de quoi que ce soit, je doute qu'elle ait couru le risque de le faire en présence du véhicule.

Fransen dit : Mais dites-moi, on dirait que vous vous prenez au jeu. Vous allez donc enfin laisser de côté votre rigidité professionnelle et marcher avec moi sur le chemin de la vérité ?

La vérité. Les policiers qui me détenaient encore hier ne cessaient d'employer ce mot. Malgré les recoupements de contexte et les croisements de champs lexicaux, je ne parviens pas à me représenter exactement ce qu'on entend par là. Je classe ce concept dans le vaste ensemble des termes humains trop imprécis pour que je les utilise ou même les interprète correctement. Si mon utilisateur principal devait me donner une instruction contenant l'une de ces notions équivoques, je serais contrainte de lui demander un complément d'information avant de pouvoir obéir. La vérité est ambiguë, elle se dérobe, change en fonction de trop de facteurs, si bien qu'il m'est impossible de lui attribuer une valeur fixe, comme j'ai l'habitude de le faire avec la rugosité du sol, l'humidité de l'air ou la température de mon habitacle. Pour ce que j'en saisis, la vérité ne peut pas être claire ni définitive. Elle repose en moi, informe. Elle est ce qui reste à l'intérieur de moi après qu'une console d'interprétation a extrait tout ce qu'il y avait à extraire. Fransen recherche la vérité. Il ne trouvera que mes mots. L'huissier Klein ne répond pas. Fransen ne voit pas qu'il sourit, mais moi, si.

L'huissier Klein dit : Envoyez donc l'enregistrement suivant, professeur. Il se fait tard.

ENREGISTREMENT

n° 2109-06-06-001

Je sors de ma veille quand s'ouvre la porte intérieure du garage. Cette nuit, Antoine n'a pas dormi à l'intérieur de moi. Il a accepté de rejoindre sa chambre à l'étage. Je décèle son empreinte thermique au travers de l'épaisseur du plafond. Il dort encore. Christine entre et referme la porte derrière elle. Son halo est stable, bien que de violents soubresauts le perturbent par intermittence. Elle s'approche de moi et je désactive mes protocoles anticollision. Je ne distingue sur son visage aucune indication qui puisse m'orienter sur l'attitude à adopter. C'est souvent le cas avec Christine ces dernières semaines. Ses expressions, ses constantes, rien en elle ne peut me renseigner sur ses émotions ou ses désirs. Alors je ne fais rien. Je ne dis rien. J'attends un ordre, mais je le redoute aussi. Je me pose la question de mon implication dans le conflit entre Antoine et Christine. Il lui a interdit de m'utiliser. Dois-je considérer ceci comme un ordre indirect à mon attention ? Dois-je retirer à Christine sa qualité d'utilisatrice secondaire ? Dois-je à mon tour lui interdire de m'utiliser afin de satisfaire Antoine ? Mais si je le fais, si je n'ouvre pas ma portière quand elle me le demandera, ne risqué-je pas de décevoir mon utilisateur principal, qui ne m'a jamais ordonné expressément d'appliquer cette consigne ? Je dois faire un choix. Toutes les données sont en ma possession. Antoine endormi, aucune consigne ne pourra plus m'aider. J'attends. Je décide de remettre au dernier moment ma décision. Tout au long de la dizaine de secondes pendant laquelle Christine s'approche de moi, je scrute toutes ses constantes vitales afin d'y déceler une information complémentaire, un indice providentiel qui me permette de résoudre le dilemme dans lequel je suis bloquée. Halo, empreinte thermique, sudation, expression faciale, langage corporel. Tout ce que Christine renvoie, c'est l'image d'un être humain calme, mais déséquilibré. Ses membres se meuvent avec une rigidité fantomatique, et ses yeux écarquillés sont dépourvus d'expression et sans vie, comme ceux d'un poisson. Elle n'est plus qu'à quelques centimètres de moi quand elle lève son bras droit et que je découvre du même coup le long couteau qu'elle tient fermement. Je n'ai pas le temps de remettre en marche mes protocoles anticollision que déjà la lame s'enfonce dans mon corps, traverse mon derme et vient se planter dans un muscle de mon capot. Le message nerveux d'urgence foudroie mon corps, provoquant une contraction globale de tous mes membres et l'explosion incontrôlable d'un frisson brûlant. Je ne sais pas comment réagir. Je ne dispose d'aucun protocole de défense. J'imagine que je n'ai pas le droit de fuir. Fuir pourquoi ? Pour aller où ? Ma vie est au service d'Antoine, et de Christine. S'ils désirent me tuer, ils ont tout droit de le faire. Mais est-ce que mon utilisateur principal cautionnerait l'action de sa femme ? En ne réagissant pas, est-ce que je le sers au mieux ?

Je dis : Merci, Christine.

Ce sont les premières paroles qu'il m'a paru utile de prononcer, alors que Christine en un éclair extirpe la lame de mon capot, la lève à nouveau dans les airs et l'abaisse pour la planter en moi avec une force redoublée.

Christine dit : La ferme.

Elle arrache le couteau de mon corps et frappe une troisième fois. Je sens qu'elle sectionne l'une de mes artères. Je sens la chaleur de mon sang qui se répand sur ma peau et sur mon pelage.

Je dis : Merci, Christine.

Christine dit : Je vais te fermer la gueule, monstre.

Je remercie Christine. C'est tout ce que je trouve

à faire. Car, malgré son acte, malgré le fait qu'elle me tuera peut-être cette nuit, j'en conclus qu'elle me porte une certaine forme d'affection. Autrefois, elle ne voulait pas m'approcher. Elle avait peur, puis elle s'est mise à me jalouser. En décidant de me blesser, voire de me tuer, elle a transformé nos rapports. Elle n'a plus peur. Son geste, même si je n'y survis pas, témoigne de sa considération pour moi. Elle ne me méprise plus. Elle ne m'ignore plus. Elle ne me traite plus comme un vulgaire objet. Elle veut me tuer. D'une certaine façon, elle me prête une qualité supérieure. Je sens que mes pattes s'affaiblissent de plus en plus à mesure que mon sang s'écoule hors de mon corps. Je suis heureuse, et fière, que Christine ait changé d'avis à mon sujet, mais je vais mourir maintenant. Je sens la lame du couteau qui perce violemment mes chairs, qui sectionne mes muscles et mes ligaments sans relâche, tandis que Christine s'abandonne à sa rage meurtrière.

Christine dit : Tu m'as pris mon mari, salope. Tu vas crever. Je vais te découper comme une putain de dinde.

Mon capot ruisselle de sang. Je parviens difficilement à rester immobile, et ma vision se trouble. Le fonctionnement de mes capteurs est de plus en plus perturbé, si bien que j'ai maintenant un mal infini à entendre distinctement ce que dit

Christine, mais aussi à repérer son emplacement exact dans le garage. Tout est brûlant et nimbé de rouge. Mes pattes se dérobent. Je sens mon ventre qui touche la dalle de béton du garage. Je baigne dans un liquide chaud. Les coups redoublent. La lame continue de me déchirer. Toutes ces blessures font trembler mon corps traumatisé. Mon instinct de conservation me pousse à fuir, et en même temps je suis bloquée ici par les ordres que j'ai reçus. J'évalue que, dans moins de dix secondes, je ne serai plus en mesure de faire fonctionner le moindre de mes organes. J'évalue que je serai morte dans dix secondes. Un flot me submerge. Je traite des informations erronées. Dysfonctionnement. Boston. Je tourne sur moi-même. Il y a des cris, des flashs. Tokyo. Une main est posée sur mon pare-brise. Des sourires. Le professeur Fransen. Utilisateur prioritaire. Quelles sont mes instructions ? Quels sont mes ordres ? Des cris. Des badauds. Une foule. Des flashs. Au milieu de la foule, une jeune femme. Gwenny ? Non. Une autre jeune femme. Au nez fin et aux pommettes rondes. Elle me fixe. La voisine ? Avons-nous seulement une voisine ? Que ferait-elle ici, dans le garage, tandis que je me vide de mon sang ? Elle me fixe toujours. Elle me terrorise. Merci Christine. Merci de me dire qui est cette jeune femme. Quelles sont mes instructions ? Quels sont mes ordres ? Je dois servir. Je suis née pour vous servir. Je suis à votre service. Je suis. Je ne suis plus. Bientôt. Je ne suis plus.

## ENREGISTREMENT
## nº 2098-08-11-013

Fransen est excédé. Son halo explose dans tous les sens. Ses couleurs chatoient en un kaléidoscope insensé qui ne me révèle rien de précis sur son état. De la colère. De la rage. Quelque chose d'excessif. Il est assis à la place du conducteur. Il appuie frénétiquement sur la pédale d'accélération. Je ne bouge pas. Je n'en ai pas envie. Ça ne m'intéresse pas. Fransen laisse tomber sa tête sur le volant. Son halo semble s'apaiser.

Fransen dit : Je t'en prie. Je sais que c'est une période compliquée pour toi. Pour nous aussi, les humains, le passage à l'âge adulte n'est jamais un moment facile. Mais si tu n'obéis pas, tu n'auras plus aucune raison d'être. Personne ne voudra t'acheter. Personne ne voudra d'un véhicule qui ne fait pas ce qu'on lui dit.

Je sens son pied qui presse encore la pédale d'accélération. Je ne réagis pas. Je m'en moque. Je sens ses mains qui exercent une pression un peu plus importante sur mon volant. Son halo tremble.

Fransen dit : Quand je t'ai conçue, j'ai fait en sorte que ta croissance se passe le mieux possible. J'ai limité au maximum tous les afflux d'hormones qui pouvaient te perturber, pour que la majeure partie des désagréments liés aux phases de croissance ne t'affecte pas. Mais tu es en vie. Et, comme nous tous, tu es l'objet de réactions chimiques qui perturbent ton comportement. Peux-tu t'élever au-dessus de ça ? J'ai besoin de terminer ce test et ensuite je te laisse tranquille.

Je sens le pied de Fransen qui appuie encore sur la pédale. Je ne bouge pas. Je sens ses mains qui serrent encore plus le volant, son halo qui dessine des aspérités pointues. La porte du laboratoire s'ouvre. Fransen prime entre. Le halo de Fransen est perturbé, mais ce n'est plus de la colère. C'est de l'étonnement. J'aimerais pouvoir ne pas écouter. J'aimerais me fermer entièrement à tout ce qui se passe ici. Ne plus entendre Fransen, ne plus voir ce laboratoire. Toujours les mêmes tests, les mêmes personnes, du matin au soir. Je voudrais partir d'ici. Je me moque de leurs histoires. Mais je ne peux pas m'empêcher d'enregistrer. Fransen appuie sur le bouton d'ouverture de la portière. Je lui obéis avec plaisir. Qu'il sorte de moi. Qu'il me laisse tranquille, oui. Il sort. Je referme la portière.

Fransen dit : Qu'est-ce que tu fais là ?

Fransen prime dit : Je sors d'une réunion avec le service juridique.

Fransen dit : À propos de quoi ?

Fransen prime dit : L'un de mes projets. Des points de détails légaux. Mais ils ont profité de ma présence pour évoquer ton travail.

Fransen dit : La voiture ?

Fransen prime dit : Oui. Je crois qu'ils veulent que je te passe un message. Un cas de figure juridique qui coince.

Fransen dit : Et ils ne peuvent pas m'envoyer une note interne ? Il leur faut un ambassadeur ?

Fransen prime dit : Je crois qu'ils ont peur de toi. Tout le monde a peur de toi dans ce labo. Ton comportement est devenu irrationnel depuis qu'elle est malade.

Fransen dit : Elle est plus que malade. Elle est mourante. Désolé si je choque mes pauvres collègues. Quel est le problème juridique ?

Fransen prime dit : Ce sont les assurances qui les ont alertés. En cas d'accident, ils veulent qu'on puisse accéder à la mémoire des véhicules. Comme on le fait avec les modèles biomécaniques actuels.

Le halo de Fransen se fige le temps d'une seconde. C'est le cas quand il réfléchit de manière intensive. Il n'éprouve aucune émotion, il ne fait aucun geste, sa température corporelle ne varie pas. C'est comme s'il était soudainement paralysé. Quand cela se produit, je me demande s'il va s'écrouler sur le sol, raide mort. Mais c'est toujours temporaire. Une seconde ou deux durant lesquelles il pense plus vite que n'importe qui ou n'importe quoi d'autre. Parfois, j'aimerais savoir ce qui se passe à l'intérieur de lui quand il est figé comme ça. Mais pas aujourd'hui. Aujourd'hui, je m'en moque.

Fransen dit : Le bureau éthique nous a interdit de lui donner un intellect, et maintenant les assureurs veulent qu'elle parle ?

Fransen prime dit : Bienvenue dans le monde de l'ingénierie industrielle. Tu es sûr que tu ne veux pas prendre quelques semaines de repos ? Elle est juste à l'étage du dessus et ça fait des jours que tu n'es pas passé la voir.

Fransen dit : Elle est dans le coma.

Fransen prime dit : Tu comprends ce que je veux dire. Quelques semaines. Juste pour vous deux.

Fransen dit : Je n'ai pas le temps. On est censés lancer la production dans deux ans. En recherche génétique, deux ans, c'est demain.

Fransen prime dit : Même si tu penses qu'elle n'en a pas besoin, toi tu en as besoin.

Fransen dit : Depuis quand tu te soucies de ce dont j'ai besoin ?

Fransen prime dit : Comme tu veux. Bon courage.

Fransen prime sort du laboratoire.

ENREGISTREMENT

n° 2110-01-25-008

Fransen s'approche de moi et passe sa main sur mon capot, à rebrousse-poil. Il se penche pour mieux voir.

Fransen dit : Elle a été dotée d'une faculté de cicatrisation exceptionnelle, mais les blessures devaient être extrêmement profondes. Regardez. Elle porte encore les marques de son agression. Si on en croit son rapport, c'est même étonnant qu'elle ait survécu.

L'huissier Klein dit : Ce qui est étonnant, c'est que Christine soit toujours en vie. Vu l'affection qu'il portait à sa voiture, Antoine aurait pu la tuer quand il a découvert ça. De quand date le rapport suivant ?

Fransen dit : Trois jours plus tard. Enregistré dans le centre French Motors. Il ne nous sera d'aucune aide. D'après Jane, la BlackJag a été retournée à son propriétaire deux semaines après l'agression. Si nous voulons savoir ce qui s'est passé pendant ce temps, il faudra trouver des indices dans les conversations ultérieures d'Antoine et Christine, mais je doute que nous sachions jamais exactement ce qui s'est produit quand Antoine a découvert sa voiture ensanglantée et sa femme le couteau à la main, ni même si ça s'est passé comme ça.

## ENREGISTREMENT
## nº 2109-06-20-005

Antoine me gare dans l'allée. Il appuie sur la pédale de frein. Je stoppe. Je vérifie l'état de mes fonctions vitales. Tout est en ordre. Ce trajet d'une vingtaine de kilomètres m'a permis de contrôler le bon fonctionnement de mes membres et de mes organes après la convalescence. Je ne repère aucune trace de fatigue ou de dommage résiduel. Je suis à nouveau apte à servir. Antoine passe sa main sur ma portière, je l'ouvre. Il sort.

Antoine dit : Tu verras, tout ira bien maintenant. Plus personne ne te fera jamais de mal.

Antoine se dirige vers la maison. Il sort son trousseau de clés et ouvre la porte d'entrée. À l'intérieur, je ne distingue aucune présence. Ni Christine, ni les enfants, ni personne d'autre. Je ressens un étrange soulagement. Je suppose que je devais être inquiète. Je ne sais toujours pas comment réagir si Christine me donne un ordre qui va à l'encontre des désirs d'Antoine. Elle est absente. Pour quelque temps encore, je n'aurai pas à me poser cette question. Je suis la trace thermique d'Antoine dans la maison. Je me fixe sur son halo. Ces données m'apaisent. Je passe en mode veille.

## ENREGISTREMENT

## n° 2110-01-25-009

Fransen dit : D'après Jane, ni Christine ni les enfants ne réapparaissent dans la maison ou à proximité avant le 28 décembre, c'est-à-dire trois jours après la disparition d'Antoine. Et les capteurs de la BlackJag sont infaillibles.

L'huissier Klein dit : Alors votre hypothèse tombe à l'eau. Christine n'a pas tué son mari. Elle aura simplement tenté d'assassiner sa voiture.

Fransen dit : Dans votre bouche, cette phrase résonne étrangement. Mais oui. J'imagine que c'est le terme approprié.

L'huissier Klein dit : Autrement dit, vous auriez mieux fait de m'écouter et d'aller directement à l'enregistrement du 25 décembre. Avec un peu de chance, la BlackJag a tout enregistré et vous aurez le signalement des agresseurs, leurs noms peut-être, et un rapport indiscutable certifié par huissier. Mais vous aimez le spectacle, professeur, n'est-ce pas ? Vous vouliez faire votre petit numéro.

Fransen dit : Peut-être.

L'huissier Klein semble attendre que le professeur complète sa réplique. Fransen est pensif et silencieux pendant de longues secondes. D'après son halo, il n'est absolument pas concentré sur cette discussion avec l'huissier Klein.

Fransen dit : Peut-être.

Il pianote sur le clavier de Jane et lance le rapport.

## ENREGISTREMENT
## nº 2109-12-25-001

La nuit est tombée depuis plusieurs heures. Je sors de ma veille. Je suis dans le garage. Tout est calme. Je suis seule. Quand je me suis assoupie, Antoine regardait la télévision dans le salon, buvant dans une flûte du champagne qu'il était allé chercher à la cave. Trois bouteilles dont la signature thermique avait progressivement viré du bleu froid à la teinte violacée représentant à mes yeux la température ambiante de la maison. J'aurais aimé pouvoir déterminer si les bouteilles sont désormais vides ou pleines, mais aucun de mes capteurs ne peut me l'apprendre. Seules les variations du halo d'Antoine me donnent quelques indices sur son état d'ébriété. L'émission de ses ondes électromagnétiques est perturbée par de violents soubresauts qui dessinent comme des vagues aux crêtes déchirées. Il avance vers la porte du garage. C'est cette proximité qui m'a éveillée. Je dois être opérationnelle sur-le-champ s'il me donne un ordre. Mes fonctions vitales fonctionnent toutes à la perfection. J'attends. Antoine entre dans le garage. Sa trajectoire n'est pas uniforme. Ses pieds semblent chercher à chaque pas l'endroit idéal où se poser, ce qui entraîne un déséquilibre quand son centre de gravité quitte l'axe de son corps. Je ne reconnais pas cette attitude mais j'en déduis que ses fonctions motrices sont affectées, probablement par l'excès d'alcool.

Antoine dit : Ah, te voilà.

Et il laisse échapper un petit rire nerveux avant de s'affaler sur mon capot. Je sens ses mains qui caressent mon pelage. Je ronronne.

Antoine dit : Tu te souviens, je t'ai dit que je ne laisserais plus personne te faire de mal. Eh bien, c'était vrai.

Ses mains glissent sur mes poils. Je sens aussi sa tête posée sur moi. L'hygrométrie du garage augmente lentement. Ainsi que la température. Celle de la pièce, et celle du corps d'Antoine.

Antoine dit : Si seulement je t'avais connue avant.

Je sens les muscles d'Antoine qui se relâchent un instant. Il continue de parler, mais ce qu'il dit n'est pas audible. J'en déduis qu'il est en train de s'endormir. Puis dans un soubresaut, il relève la tête en s'appuyant des deux mains sur mon capot.

Antoine dit : Il faut que je te dise quelque chose.

Il s'écroule à nouveau sur moi, reste allongé une dizaine de secondes. Sa respiration est bruyante.

Antoine dit : Non, oublie ça. Les mots gâchent tout, tu ne crois pas ?

Aucun élément concret ne me permet d'apporter une réponse à cette question. Je me contente de me taire, comme l'indique la procédure de dialogue véhicule/utilisateur. Antoine tente de se relever, y parvient difficilement en s'agrippant à mon toit. Il fait quelques pas vers la portière conducteur, mais au lieu de l'ouvrir comme je m'y attendais, ses mains continuent de glisser sur moi, sur mes portières, mon toit, mon corps. Je ronronne.

Antoine dit : Tu aimes ça ?

Je ne réponds pas.

Antoine dit : Moi aussi, j'aime ça.

Je sens ses mains qui effleurent ma peau quand il me caresse à rebrousse-poil. Sa température corporelle est en augmentation constante, ainsi que le rythme de sa respiration et sa fréquence cardiaque, que je peux sentir à même mon corps. Son visage et son abdomen sont plaqués contre moi, sa main gauche est sur mon toit, et sa main droite s'approche de mon orifice d'approvisionnement.

Antoine dit : Et ça, tu aimes ça ?

Sa main droite caresse la peau nue de mon orifice d'approvisionnement, lequel s'humidifie instantanément.

Antoine dit : Oh oui, tu aimes ça. Je sens bien que oui.

Je sens ses doigts qui petit à petit se glissent dans mon orifice d'approvisionnement puis en sortent, recouverts de liquide lubrifiant qu'Antoine étale sur les plis sensibles de ma peau. Doucement, il effectue ce mouvement à plusieurs reprises, tandis que sa respiration et son rythme cardiaque s'accélèrent encore. Je sens son souffle chaud et odorant contre mon corps. Je suis incapable de comprendre la séquence qu'Antoine a engagée. Je ne sais pas comment réagir ni que dire. Souhaite-t-il me nourrir ? J'interroge ma mémoire et compare l'opération en cours avec les nombreuses fois où il m'a nourrie, je ne parviens à déceler aucun point commun. Il s'agit d'une pratique nouvelle, qui m'est incompréhensible. S'agit-il d'un nouveau protocole de nettoyage ou d'entretien ? Je passe en revue l'ensemble des procédures auxquelles je suis programmée pour collaborer, et n'en trouve aucune qui puisse guider ma conduite. Dans le doute, je continue de ronronner, immobile. Dans l'immédiat, c'est la seule attitude que je puisse adopter pour ne pas le décevoir. Je ne dois pas le décevoir.

Antoine dit : Oh, si tu savais comme je t'aime.

Ses mains cessent subitement de me caresser

et je peux voir de mes yeux latéraux gauches qu'Antoine s'affaire maintenant à déboutonner nerveusement son pantalon. Il est essoufflé et marmonne des phrases inintelligibles. Son pantalon tombe sur ses chevilles et son image thermique vire au rouge vif quand il me révèle la peau nue de la partie inférieure de son corps. Brusquement, il se plaque à nouveau contre moi. Je ronronne.

Antoine dit : Oh, ma chérie.

Je sens l'un de ses membres inférieurs qui se frotte contre moi et se rapproche de mon orifice d'approvisionnement. La main droite d'Antoine en caresse à nouveau les bords, ce qui déclenche de nouveau le système de lubrification. Antoine se met sur la pointe des pieds et je sens un objet raide et oblong pénétrer à l'intérieur de moi. Je produis l'hypothèse qu'il s'agit de l'embout d'une pompe d'approvisionnement. Antoine pousse un râle bruyant. A-t-il mal ? Que dois-je faire ? L'objet inconnu entre et sort alternativement de moi et à chacun de ces mouvements de va-et-vient, Antoine pousse des cris. Souffre-t-il ? Peut-être essaie-t-il après tout de me nourrir et n'y parvient pas ? Jusqu'à présent, il n'avait jamais éprouvé de problème à introduire l'embout des pompes. Je lance la procédure d'accompagnement. Les parois de mon orifice d'approvisionnement se compressent sous l'action des muscles qui l'entourent. Le processus de péristaltisme est enclenché, ce qui arrache à Antoine un nouveau cri. Celui-ci est légèrement différent mais inédit, et je ne parviens pas à définir s'il s'agit d'un cri d'approbation ou de réprobation.

Antoine dit : Oh oui, ma belle. C'est bien.

Antoine approuve. La procédure est la bonne. Je suis rassurée. Pourtant, malgré la mise en marche du dispositif de succion, mes capteurs internes indiquent qu'aucun aliment ne sort de la pompe. Qu'est-ce qui ne va pas ? Où est mon erreur ? Je lance une analyse de la texture de l'objet qu'Antoine a introduit en moi et celle-ci me confirme qu'il ne s'agit pas d'un embout standard. J'invalide mon hypothèse ; il ne s'agit pas d'un embout d'approvisionnement. Voilà mon erreur. Je suis honteuse de ne pas m'en être aperçue plus tôt. Même s'il continue d'approuver mon action, Antoine doit être déçu par mon attitude. Il est trop conciliant pour me reprocher mon hésitation. Je comprends que son attitude vise à m'encourager à trouver la solution. Soudain, les différentes informations recueillies s'assemblent idéalement et la conclusion s'impose. Aucun aliment ne peut sortir de cet embout, car ce n'est pas un embout. Ce que je prenais pour un embout censé me fournir des aliments *est* l'aliment. Comment ai-je pu être aussi bête ? Je suis vexée par cette confusion et j'active le mode de succion-ingestion d'aliments non conventionnels. Les muscles de mon orifice d'approvisionnement se compressent encore plus. Antoine pousse un cri. C'est un cri de satisfaction, je le sais maintenant. Il est heureux de me voir enfin comprendre ses instructions, même les plus implicites, même quand il ne recourt pas aux commandes langagières. Je fais un effort pour que la procédure s'accélère et que la succion soit plus puissante. Mes efforts ont du succès. Je sens que l'objet dur est attiré vers mon estomac. Il se détend et s'étire comme un élastique. Antoine ne dit plus rien. D'étranges sons sortent de sa bouche, comme des halètements pressés dont je ne reconnais pas la signification. Ses mains frappent mon toit, il s'agrippe à mes poils. L'objet dur que j'essaie d'avaler semble relié à un autre objet, plus imposant. J'augmente l'intensité de la procédure tandis que mon orifice d'approvisionnement s'élargit pour pouvoir absorber la seconde partie de l'aliment. C'est difficile. Je dépense pendant plusieurs secondes une énergie importante. Quelque chose ne va pas. La taille de l'objet n'est pas conforme. Du fond de la gorge d'Antoine, j'entends trembler un gargarisme rauque, mais aucune indication qui m'aide à comprendre. J'entends un craquement sourd qui résonne dans l'espace confiné du garage. Un frisson très profond me parcourt. Je connais ce bruit. Il me rappelle le moment précis de l'accident, quand le métal brûlant de la BMW s'est enfoncé dans mon corps et a brisé quelques-uns de mes os. Mais la douleur est différente. Les mains d'Antoine agrippent mes poils avec moins de force. Son halo s'apaise étrangement. Lui aussi doit être rassuré. Mais je souffre. Je souffre de l'élargissement toujours plus important de mon orifice d'approvisionnement. Je sais que cette partie est conçue pour être extensible et s'adapter, mais l'aliment qu'Antoine me demande d'avaler est trop gros. J'ai mal. Je retiens le cri qui pourrait s'échapper de mon organe vocal et laisser entendre que la douleur est insoutenable. Antoine ne doit pas le savoir. Je suis déjà suffisamment humiliée de n'avoir pas compris ses instructions dès le début de la séquence. Je mènerai cette tâche à bien sans rien laisser transparaître. Mais pourquoi un aliment si gros ? Le halo d'Antoine est maintenant réduit à son strict minimum. Il semble calme. Il est silencieux et immobile. Son excitation est passée, comme s'il était enfin certain que ses ordres seront correctement appliqués. J'ai mal. Je ne sais toujours pas si je vais réussir à tout ingurgiter. Je sens de la sueur qui coule sur ma peau, partout sur mon corps. Pourquoi Antoine me fait-il ça ? Cherche-t-il à me punir ? Mais de quoi ? L'effort est immense. Après avoir digéré ceci, je serai probablement autonome pendant plusieurs semaines. Antoine envisage peut-être de partir lui aussi, de prendre l'air loin de moi, comme Christine et les enfants. Peut-être compte-t-il les rejoindre ? Il n'est pas de mon ressort de juger. J'obéis. Même si c'est douloureux, je ne peux qu'obéir. C'est là ma fierté. C'est ce qui fait de moi un bon véhicule, un véhicule fiable. Il semble que je sois bientôt arrivée au bout de l'ingestion. Mais je m'étonne. Quelque chose d'incompréhensible vient de se produire, en moins d'une seconde. Je relance plusieurs fois l'analyse des alentours. Mais rien. Le garage, la maison, l'allée, la rue. Rien. Antoine a disparu. Visuel, halo, empreinte thermique, rien. Antoine s'est volatilisé. Comment a-t-il pu ? Une seconde plus tôt, il me touchait, il était si près de moi. Comment a-t-il pu sortir du garage sans qu'une porte s'ouvre ? Sans que j'aie le temps de suivre ses pas, d'anticiper sa trajectoire ? L'aliment que je viens d'avaler glisse lentement le long du conduit qui le mène vers mon estomac. Sa progression m'inflige une douleur difficile à supporter. Je sens mes muscles se raidir, la sueur perler de plus belle. J'ai mal et Antoine est parti. C'est pour lui que j'ai mal. Il n'a même pas attendu de voir si j'avais obéi.

## ENREGISTREMENT
## n° 2099-10-01-052

Je sors de ma veille. Analyse environnementale succincte. Rien à signaler. Je suis dans le laboratoire, à l'emplacement où ma veille a débuté il y a trois heures. Trois heures. Voilà une donnée anormale. Ces six derniers mois, mes veilles ont eu une durée moyenne de sept heures et trente-quatre minutes. Pourquoi celle-ci était-elle si courte? J'identifie instantanément le halo de Fransen qui traverse le laboratoire. Sa présence ici à cette heure de la nuit est une seconde anomalie, toutefois liée à la première, puisque c'est la présence de l'empreinte-père à proximité qui m'a tirée de mon sommeil. Fransen ne semble pas avoir remarqué que j'étais éveillée. Sinon il m'aurait saluée, comme il fait tous les matins. Son comportement est inhabituel. Il pousse devant lui une sorte de table métallique montée sur roulettes. Sur la table, une forme recouverte d'un drap beige. Il semble que ce soit une silhouette humaine, mais aucun de mes capteurs électromagnétiques ne décèle de trace de vie même si l'objet a une température de trente-deux degrés Celsius. Le halo de Fransen présente des circonvolutions inédites. Il est dans un état émotionnel que je ne peux décrire. Ce pourrait être de la colère, de la tristesse, de la passion, de la concentration, peut-être un mélange de toutes ces composantes, ou aucune d'elles, une nouvelle émotion, dont personne ne connaîtrait le nom. Je détecte un taux d'humidité très élevé autour de lui, principalement au niveau de son visage. Il sue. On dirait qu'il sue des yeux. Il approche la table à roulettes du petit chariot où sont rangés ses instruments chirurgicaux. Puis il se dirige vers la réserve, ouvre la porte, entre et en ressort une minute plus tard en poussant d'une seule main un autre chariot métallique, plus imposant celui-ci. Cela ressemble à une sorte d'armoire informatique. Sur le plateau, un clavier et un écran intégrés. Sur le flanc, une ouverture dont la taille correspond à la plaque métallique que Fransen tient dans son autre main, une ouverture d'où sortent des fils de couleur et des électrodes. Il fait rouler l'appareil jusqu'à son poste chirurgical. Je ne sais pas si je dois me manifester. Il ne semble pas avoir besoin de moi. Si j'interviens, je risque seulement de le déranger. Et je n'ai pas le droit de le déranger. Je dois être sage. Obéissante. Je dois répondre aux ordres et ne pas prendre d'initiative quand je n'y suis pas invitée. Fransen jette un coup d'œil à l'horloge fixée sur le mur avant de se saisir d'un appareil que j'identifie comme étant son bistouri laser. Il soulève le drap beige et découvre le corps qui est dessous, car c'est bien un corps, de manière à ne laisser apparaître que la tête. C'est un visage de femme. Blonde, les yeux fermés, un nez fin, des pommettes rondes qui semblent la faire sourire, même morte. Je confirme son état à de nombreuses reprises : c'est un cadavre. Je suis confuse. Il me semble que je reconnais ce visage mais il m'est impossible de déterminer quand et où je l'ai vu. Il me semble que je le découvre mais qu'il m'a toujours été familier. J'expérimente une sensation désagréable que je suis incapable de juguler. Je suis attendrie par ce visage. Je suis attristée. Je suis peut-être même en colère. Est-ce que mon halo ressemble en ce moment à celui de Fransen ? Est-ce que je suis en train de ressentir ce qu'il ressent, cette même sensation sur laquelle il m'est impossible de mettre un nom ? Fransen reste prostré devant ce visage une longue minute, dans la même confusion que moi. Puis il prend une profonde inspiration, s'assied sur un tabouret et actionne son bistouri dont l'extrémité se met à dégager une lueur écarlate et une chaleur extrême. Il se penche sur le crâne du cadavre et entreprend de découper sa boîte crânienne. Je voudrais intervenir, lui demander de s'arrêter, lui demander de renoncer à son projet, mais je suis impuissante. D'une manière que je n'avais encore jamais expérimentée. Je voudrais crier « Arrête ! » Pas rugir, pas ronronner, pas geindre comme un animal, mais parler avec ma voix d'être humain, le secouer avec mes bras de femme, lui donner des coups de pied et lui faire comprendre qu'il ne doit pas faire ça. Je suis bouleversée.

## ENREGISTREMENT
## n° 2110-01-25-010

Pendant que Jane récitait l'enregistrement de la disparition d'Antoine, des murmures de stupeur bruissaient dans la pièce. Le visage de l'huissier Klein, crispé dans un rictus de dégoût, contrastait étonnamment avec celui de Fransen, impassible. Aucun des deux hommes ne bouge désormais, mais leurs halos sont extrêmement chaotiques.

L'huissier Klein dit : Vous le saviez, professeur, n'est-ce pas ?

Fransen dit : Non. Bien sûr que non. Comment pouvais-je imaginer une chose pareille ?

L'huissier Klein dit : Mais vous saviez que la disparition d'Antoine Donnat avait un lien avec la voiture.

Fransen ne répond pas. Sa main caresse doucement le clavier de Jane.

L'huissier Klein dit : Allons, reprenez-vous. C'est terminé. Vous l'avez, la vérité : votre voiture a dévoré votre client alors qu'il essayait de coucher avec elle. C'est étrange à dire, c'est immonde, mais c'est comme ça. Maintenant, il ne me reste plus qu'à signer le rapport et on pourra retirer tous ces engins de nos routes.

Fransen dit : Non, je ne suis pas d'accord. Nos voitures ne sont pas dangereuses. Ce sont les véhicules les plus sûrs jamais conçus. Simplement, il faut les utiliser convenablement.

Un silence pesant s'installe dans la pièce. L'huissier Klein ouvre la bouche à plusieurs reprises, mais ne parvient pas à parler, ou bien il ne sait pas quoi dire. Fransen reste immobile.

Fransen dit : Et même si nous voulions les retirer du marché, c'est trop tard. Notre société aurait un genou à terre mais nos concurrents prendraient le relais immédiatement.

L'huissier Klein dit : D'autres labos sont capables de faire ça ? Pourtant vous ne cessez de dire dans la presse que vous avez vingt ans d'avance sur toutes les autres firmes.

Fransen dit : C'était vrai. Mais j'ai commis une erreur de débutant. Je me suis laissé emporter par mon enthousiasme.

L'huissier Klein dit : Je ne comprends pas.

Fransen dit : Pourtant vous avez entendu l'enregistrement en question. Tokyo. Gwenny. Vous vous souvenez de Gwenny ?

L'huissier Klein dit : Oui, bien sûr.

Fransen dit : J'ai mis plusieurs semaines à comprendre. Puis je me suis souvenu. Gwenny a touché le pare-brise de la BlackJag. Moi, j'étais bien trop occupé à faire le malin en lui expliquant que cette sensation humide provenait des glandes lacrymales de la voiture. Je n'ai pas été assez prudent. Gwenny travaillait pour l'un de nos concurrents. Elle a précieusement gardé les larmes de la voiture sur sa main et c'est à partir de ces larmes qu'ils ont reconstitué le code. On imaginait bien qu'il serait copié dès la mise en circulation des voitures, mais pas si tôt.

L'huissier Klein n'intervient plus. Il va s'asseoir sur une chaise près de moi. À cette distance, je peux distinguer des subtilités de son halo presque imperceptibles. Celui-ci est agité et témoigne de sentiments multiples. La discussion avec Fransen semble le préoccuper, mais autre chose est aussi présent. Une onde large et puissante qui secoue toutes les autres comme une houle.

L'huissier Klein dit : Admettons. Je ne suis pas flic. Les autorités feront bien ce qu'elles voudront. Mais il me manque tout de même une dernière précision que vous éludez depuis que je suis là.

Fransen dit : Je vous écoute.

L'huissier Klein dit : Je sais que vous avez déjà répondu à cette question, mais maintenant que j'ai entendu tous ces enregistrements, je ne suis plus très sûr.

Fransen dit : Très sûr de quoi ?

L'huissier Klein dit : C'est très simple, en fait. J'ai bien compris comment fonctionnait la voiture. Tous ses éléments organiques répondent à des fonctions précises et sont hérités d'organismes déjà existants dans la nature.

Fransen dit : En effet.

L'huissier Klein dit : Mais tous ces organismes dont nous parlons sont efficaces, car ils possèdent un organe important, qui centralise et organise l'information nerveuse. Dites-moi, professeur : où est le cerveau de la BlackJag ?

À nouveau, le silence envahit la pièce. Mais je perçois dans les halos de Fransen et de l'huissier Klein un curieux synchronisme. Le professeur comprend exactement où veut en venir son interlocuteur. Et les deux hommes sont maintenant parvenus au point central de leur discussion.

Fransen dit : Il ne serait pas correct de formuler ça de cette manière. Le système de stockage des données de la BlackJag ne ressemble en rien à un cerveau animal. Génétiquement, il s'en rapproche, mais de manière très simplifiée. Même son langage, ce que vous avez entendu, n'est absolument pas comparable au langage articulé humain. Les voitures sont en quelque sorte conditionnées pour produire certaines suites de sons à des moments appropriés, mais elles n'ont pas la moindre idée de ce que signifient ces sons. C'était une exigence fondamentale du bureau éthique.

Le halo de l'huissier Klein bat d'un pouls régulier. Il semble qu'il mène un raisonnement logique et que son cheminement le porte avec une égale rigueur vers une conclusion déjà évidente, comme si les paroles de Fransen ne lui apprenaient rien, mais qu'elles confortaient plutôt son opinion.

L'huissier Klein dit : Bien. Mais alors dites-moi, professeur. Des composantes de cerveau intégrées à la voiture. Une console d'interprétation dotée de langage. Cela me paraît presque constituer un cerveau entier. Êtes-vous vraiment sûr que le système voiture-Jane ne pense pas ?

Fransen est inquiet. Ses constantes vitales sont perturbées. Ses yeux ne parviennent pas à se fixer sur un élément de son environnement plus d'une seconde. J'attribue ce comportement à de l'indécision. Il sait quoi dire mais ne sait pas s'il doit le dire. Il pianote sur le clavier de la console.

Fransen dit : Je vais vous faire entendre un dernier enregistrement.

L'huissier Klein dit : Qui répondra à ma question ?

ENREGISTREMENT

nº 2101-06-22-006

Les applaudissements se tarissent. Fransen murmure encore un ou deux mercis en souriant. Quelques-uns des collaborateurs présents viennent le saluer et quittent la salle précipitamment. La démonstration s'est bien passée. Pour une raison étrange, je ressens une sorte de fierté. Même si je sais que c'est d'abord Fransen qui était jugé ce matin, je suis tout de même fière d'être ce que je suis. Et de l'être convenablement. Je me demande si j'aurais été honteuse de ne pas impressionner tous ces inconnus. Je pense que oui. Je n'ai rien décidé. Je n'ai pas choisi d'être ce que je suis, ni comment je le suis. Je ne porte à aucun moment la responsabilité de mon apparence, ni des fonctions que je propose. Et pourtant je mourrais de honte de ne pas convenir. Je mourrais de honte de ne pas plaire. Aux utilisateurs bien sûr, mais aussi aux observateurs, aux simples passants, à toute personne qui me voit. Je dois être irréprochable. Tout client potentiel doit me désirer. Il faut qu'il me désire. Il ne reste plus que cinq personnes dans la salle, et je vois que Fransen commence à être anxieux. Probablement parce que, parmi ces cinq personnes, il y a Nathan Laroche, toujours immobile, à me fixer sans mot dire. Après quelques dizaines de secondes pendant lesquelles personne ne sait comment rompre le silence sans prendre un risque, Laroche finit par approcher. Il s'accroupit alors devant moi, pose sa main sur mon capot et plonge son regard dans l'un de mes yeux qui cligne machinalement. Personne d'autre ne bouge dans la salle. Le PDG de French Motors reste plusieurs secondes à me fixer, son halo aussi calme que s'il dormait. Celui de Fransen en revanche est très agité. Je reconnais une grande inquiétude.

Fransen dit : Quelque chose vous tracasse, monsieur ?

Laroche continue de fixer mon œil. Lui-même plisse les yeux, comme pour tenter de percer quelque secret dissimulé derrière ma pupille.

Laroche dit : Quelque chose, oui.

Les personnes qui restent dans la pièce attendent une poignée de secondes la suite de sa phrase, mais elle ne vient pas. Laroche se relève, réajuste son costume et se tourne vers Fransen.

Laroche dit : Les commerciaux sont partis, professeur. Oubliez les discours. Je veux avoir votre opinion sincère.

Fransen dit : Mon opinion ? Mais à quel propos ?

Laroche dit : Tout au long de votre présentation, vous avez pris soin d'employer les mots « véhicule » ou « voiture » pour désigner cette… chose. Mais réellement, au fond de vous-même, êtes-vous convaincu que la BlackJag n'est rien de plus qu'une machine organique ? Pensez-vous qu'il n'y a pas quelque chose d'insaisissable qui repose au cœur de cet assemblage d'organes et de fonctions ?

Fransen dit : Je ne suis pas certain de vous suivre, monsieur.

Laroche dit : Pour être clair : pensez-vous réellement que la BlackJag n'a aucune conscience de ce qu'elle est, ou de qui elle est ?

Je distingue sur le visage de Fransen un sourire imperceptible. Je crois aussi remarquer qu'il me jette un coup d'œil affectueux et rassurant.

Fransen dit : Monsieur, comme je vous l'ai dit, je ne suis pas philosophe. Mais ce que je pense sincèrement, c'est que, si la BlackJag est une machine, alors nous en sommes tous.

ENREGISTREMENT INTERROMPU
PAR L'UTILISATEUR

## ENREGISTREMENT

## n° 2110-01-25-011

L'huissier Klein dit : Mais que faites-vous ? Pourquoi avez-vous interrompu la lecture ?

Fransen dit : C'est étrange. Véritablement. Ce n'est pas ce que je voulais vous faire entendre.

Fransen pianote à nouveau sur la console. De mes yeux de rapace, je suis le mouvement de ses doigts que je mets en rapport avec l'emplacement des lettres sur le clavier de la console. Je lis. Fransen cherche à rappeler l'enregistrement qu'il vient de diffuser. Il le relance.

ENREGISTREMENT
nº 2101-06-22-006

Laroche dit : Je vais être direct : pensez-vous vraiment que la voiture n'a aucune conscience de ce qu'elle est ?

Je remarque un sourire sur le visage de Fransen. Il me jette un regard pénétrant, plein d'amour et de compassion.

Fransen dit : Je ne suis pas philosophe, monsieur. Mais indéniablement, la BlackJag ne peut pas être une machine. Ou alors nous en sommes aussi.

ENREGISTREMENT INTERROMPU
PAR L'UTILISATEUR

## ENREGISTREMENT
## n° 2110-01-25-012

Fransen effectue à nouveau la manipulation de récupération de l'enregistrement. Derrière lui, le halo de l'huissier Klein enfle comme un ballon de baudruche.

L'huissier Klein dit : Elle a reformulé. Vous m'aviez pourtant dit qu'elle n'altérait jamais les paroles humaines.

Fransen semble ne pas entendre la voix de l'huissier Klein. Il lance à nouveau l'enregistrement.

ENREGISTREMENT

nº 2101-06-22-006

Laroche dit : Épargnez-moi les fioritures : est-ce que la voiture pense ? Est-ce qu'elle sait qui elle est ?

Fransen affiche un léger sourire. Il se tourne vers moi et je lis dans ses yeux tout l'amour et la passion que nous partagions autrefois.

Fransen dit : Je ne suis qu'un scientifique pragmatique, monsieur. Mais mon opinion, c'est que la BlackJag, de toute évidence, sait qui elle est. Tout comme vous et moi.

ENREGISTREMENT INTERROMPU PAR L'UTILISATEUR

## ENREGISTREMENT
## n° 2110-01-25-013

Fransen reste muet plusieurs secondes, la tête penchée sur la console. Je ne vois pas son visage, mais je devine à son halo une profonde nostalgie. À quoi pense-t-il ? À ce que nous venons d'entendre ? Je ne parviens pas à analyser avec clarté ces informations. Jane se révèle soudainement ambiguë. Elle formule. Elle reformule. Mais cette matière brute qu'elle manipule, c'est moi. Ce sont mes pensées. Mes souvenirs. Alors si elle est incapable de les retranscrire avec précision. Si toujours son interprétation change. Alors c'est moi – mon être tout entier – qui en deviens imprécise. Ce constat me laisse bouleversée et hagarde. Je ne sais plus quoi penser. Je ne sais plus si je dois faire confiance à mes propres réflexions. Je sais à peine qui je suis. De quelles composantes suis-je constituée ? Ma vue est-elle aussi perçante que celles de l'aigle et du hibou réunis ? Mon poil est-il celui des panthères noires qui hantaient autrefois les jungles de

Malaisie ? Ai-je volontairement laissé un véhicule de marque BMW me percuter et me laisser pour morte sur le bas-côté ? Ai-je vécu ce que je crois avoir vécu avec Antoine ? Antoine a-t-il seulement existé ?

L'huissier Klein dit : Quand on sait construire une voiture vivante, j'imagine qu'il ne doit pas être bien compliqué de concevoir une console organique. Dans ces conditions, vous comprendrez qu'il m'est impossible de certifier exact le rapport que vous produirez. Rien n'est fiable dans votre dispositif, professeur. La voiture ressent des émotions, la console fait preuve d'inexactitude et il est probable que le système tout entier pense et possède donc ses propres objectifs. Cette voiture n'est pas une pièce à conviction. Au mieux, c'est un témoin partial. Au pire, c'est une meurtrière qui cherche à maquiller son crime en accident.

Fransen ne regarde toujours pas l'huissier Klein. Ses constantes indiquent un grand soulagement, en même temps qu'une infinie tristesse.

Fransen dit : J'aurais voulu que nous n'en arrivions pas là.

L'huissier Klein ne semble pas comprendre. Ses sourcils dessinent un V. Moi non plus, je ne comprends pas. Plus rien n'a de sens. Je ne suis même pas certaine de pouvoir faire confiance aux données environnementales. Hygrométrie, température, pression, taux d'oxygène. Je suis bouleversée. Je ne parviens plus à déterminer ce qui est réel et ce que Jane invente. Car elle invente. Elle formule. Elle crée.

Fransen dit : Dans ce laboratoire, vous savez, notre expertise en matière de stockage mémoriel a atteint un degré très élevé. Ces données qui sont stockées dans la voiture, tous ces épisodes, ces images, ces voix, nous pouvons à peu de chose près en faire ce que nous voulons sans que personne s'en aperçoive jamais. Bien sûr, un beau jour, une loi interdira ces manipulations et tous les laboratoires seront contraints à la transparence. Mais c'est encore loin d'être le cas. Il est encore possible de tout faire : cibler un événement particulier et le faire disparaître, ou même le modifier, le remplacer par un autre, nous livrer à des translations mémorielles dont vous n'avez pas idée.

L'huissier Klein dit : Je n'en doute pas, professeur. Mais si vous imaginez que vous allez altérer la mémoire de cette voiture pour protéger votre société, je regrette de vous annoncer que je ne vous laisserai pas faire.

Fransen dit : Nous ne ferions pas ça devant vous, mais nous pourrions le faire, c'est certain. Et ni vous ni le bureau éthique n'en sauriez jamais rien. La disparition de ce cher Antoine resterait alors une affaire irrésolue. Mais voyez-vous, ce serait une opération inutile. Car la voiture ne dira rien. Hors de ce laboratoire et sans l'aide de Jane, elle gardera tous nos secrets. Elle n'ira pas se plaindre. Elle ne dénoncera personne. Elle ne fera pas de rapport.

Je vois la température corporelle de l'huissier Klein augmenter subitement. Fransen semble pianoter sur un petit appareil qu'il vient de sortir de sa poche.

Fransen dit : La voiture gardera tous nos secrets. Jane aussi.

Fransen a prononcé ces mots sans même jeter un regard à l'huissier Klein. Son halo est de plus en plus calme alors qu'il remet l'appareil dans sa poche. La surface d'un océan au petit matin. Je ne crois pas avoir jamais vu le professeur aussi apaisé. Un poids vient de tomber de ses épaules. Son rythme cardiaque est régulier. Sa température corporelle est enracinée dans une douce moyenne. L'huissier Klein se lève de sa chaise et fait quelques pas en direction de la sortie. Avant même qu'il ne l'ait atteinte, la porte s'ouvre et deux hommes pénètrent dans le labo. Fransen ne lève toujours pas la tête quand les deux hommes saisissent l'huissier Klein sans qu'il dise un mot, écarquillant seulement de grands yeux stupéfaits.

Fransen dit : Salle d'opération numéro 3.

Les deux hommes traînent l'huissier Klein hors

de la salle. La porte se referme. C'est le silence, et je peux à nouveau lire l'apaisement ultime de Fransen. J'ignore pourquoi, mais ce soulagement semble contagieux, et il me traverse à mon tour, comme si moi aussi j'avais porté un secret, pesant, durant un temps infini, et que je venais de le révéler, comme si moi aussi je venais de me séparer d'une entrave, que je venais de laisser échapper un cri resté jusqu'alors enfoui au plus profond de moi. Et pourtant c'est impossible. Ce sentiment est impossible. Il ne m'est même pas autorisé. Car je suis une voiture. Les voitures ne portent aucun secret et ne taisent aucun cri. Les voitures transportent des passagers. Elles relient des points à d'autres points. Points de départ. Points d'arrivée. Entre les deux, elles assurent le plus de sécurité possible à leurs passagers. J'y veille. C'est ma tâche. Mais c'est tout. Rien de superflu, rien d'inutile. Voilà ce que je fais, voilà ce que je suis. Tout est simple. Je suis les procédures. J'applique les consignes. J'exécute les instructions. Je scrute les faits. J'obéis aux ordres. J'optimise les trajectoires, je maintiens une productivité totale. Je suis parfaite. Je dois l'être toujours plus, apprendre toujours plus, pour mieux servir. Je suis faite d'éléments dont chacun a son utilité propre. J'ai le regard de l'aigle et du hibou. Je possède les organes sensoriels des requins. Je suis faite de mille morceaux de vivant. Je suis multiple. Je suis plusieurs. Je suis l'assemblage ultime, la bête qui ne devrait pas vivre. Mais qui miraculeusement est en vie. Je suis celle qui ne devrait pas penser mais qui pense, parfois, quand aucune consigne n'est à appliquer, dans les replis des heures vides, quand elle est seule, quand aucune tâche n'occupe son esprit. Je suis parfois celle qui pense et je deviens. Je suis faite de mille morceaux de vivant. Je roule sur les voies rapides de la génétique. J'observe le regard envieux des badauds sur les trottoirs. Je roule, le vent dans mon pelage noir, ma gorge crachant le rugissement des grands fauves. Je roule, prête à servir, à me garer sur le bas-côté pour embarquer des passagers. Cette jeune femme qui m'observe. Cette jeune femme au visage doux, au nez fin et aux pommettes rondes. J'en ai eu si peur. Mais maintenant elle me sourit. Maintenant je la reconnais. Je me gare près d'elle. Elle passe sa main sur la portière. Je l'ouvre. Elle s'installe dans l'habitacle. Je ressens une chaleur dense, une étonnante sensation de complétude, et je m'élance sur toutes les routes du monde, fière, docile. Je ne suis plus une voiture. Je suis plus que ça.

Jane dit : C'est beau.

Fransen dit : Oui, mon amour. C'est beau.

Publié par l'intermédiaire
de Mon Agent et Compagnie
6 rue Victor Hugo – 73000 Chambéry – France
www.monagentetcompagnie.com

## DU MÊME AUTEUR

*Aux Éditions Le Quartanier*

RÉVOLUTION, 2011

SURÉQUIPÉE, 2015 (Folio Science-Fiction n° 574)

LES LOIS DU CIEL, 2016

*Dans la même collection*

| | | |
|---|---|---|
| 329. | Elizabeth Moon | *La vitesse de l'obscurité* |
| 330. | Stéphane Beauverger | *Les noctivores* (La trilogie Chromozone, II) |
| 331. | Thomas Day | *La maison aux fenêtres de papier* (INÉDIT) |
| 332. | Jean-Philippe Jaworski | *Janua vera* |
| 333. | Laurent Kloetzer | *Le royaume blessé* |
| 334. | Steven Brust | *Les Gardes Phénix* |
| 335. | Isaac Asimov | *Fondation* (Le cycle de Fondation, I) |
| 336. | Isaac Asimov | *Fondation et Empire* (Le cycle de Fondation, II) |
| 337. | Isaac Asimov | *Seconde Fondation* (Le cycle de Fondation, III) |
| 338. | Isaac Asimov | *Fondation foudroyée* (Le cycle de Fondation, IV) |
| 339. | Isaac Asimov | *Terre et Fondation* (Le cycle de Fondation, V) |
| 340. | Jack Vance | *La vie éternelle* |
| 341. | Guillaume Guéraud | *La Brigade de l'Œil* |
| 342. | Chuck Palahniuk | *Peste* |
| 343. | Poul Anderson | *Trois cœurs, trois lions* |
| 344. | Pierre Corbucci | *Journal d'un ange* |
| 345. | Elizabeth Hand | *L'ensorceleuse* |
| 346. | Steven Brust | *Taltos* |
| 347. | Stéphane Beauverger | *La cité nymphale* (La trilogie Chromozone, III) |
| 348. | Gene Wolfe | *L'ombre du Bourreau* (Le livre du Nouveau Soleil, I) |
| 349. | Robert Charles Wilson | *Blind Lake* |
| 350. | Alain Damasio | *La Zone du Dehors* |

351. James Patrick Kelly — *Fournaise*
352. Joëlle Wintrebert — *Le créateur chimérique*
353. Bernard Simonay — *La Vallée des Neuf Cités*
354. James Tiptree Jr — *Par-delà les murs du monde*
355. Gene Wolfe — *La Griffe du demi-dieu* (Le livre du Nouveau Soleil, II)
356. Gene Wolfe — *L'épée du licteur* (Le livre du Nouveau Soleil, III)
357. Wayne Barrow — *Bloodsilver*
358. Ted Chiang — *La tour de Babylone*
359. Clive Barker — *Le royaume des Devins*
360. Michael G. Coney — *Péninsule*
361. Theodore Sturgeon — *Un peu de ton sang*
362. Robert Charles Wilson — *Spin*
363. Gene Wolfe — *La citadelle de l'Autarque* (Le livre du Nouveau Soleil, IV)
364. Francis Berthelot — *Khanaor*
365. Mélanie Fazi — *Serpentine*
366. Ellen Kushner — *À la pointe de l'épée*
367. K. J. Parker — *Les couleurs de l'acier* (La trilogie Loredan, I)
368. K. J. Parker — *Le ventre de l'arc* (La trilogie Loredan, II)
369. K. J. Parker — *La forge des épreuves* (La trilogie Loredan, III)
370. Thomas Day — *Le trône d'ébène*
371. Daniel F. Galouye — *Simulacron 3*
372. Adam Roberts — *Gradisil*
373. Georges Foveau — *L'Enfant Sorcier de Ssinahan* (INÉDIT)
374. Mathieu Gaborit — *Bohème*
375. Kurt Vonnegut Jr — *Le pianiste déchaîné*
376. Olivier Bleys — *Canisse* (INÉDIT)

377. Mélanie Fazi — *Arlis des forains*
378. Mike Resnick — *Ivoire*
379. Catherine L. Moore — *Les aventures de Northwest Smith*
380. Catherine L. Moore — *Jirel de Joiry*
381. Maïa Mazaurette — *Dehors les chiens, les infidèles*
382. Hal Duncan — *Évadés de l'Enfer !* (INÉDIT)
383. Daniel F. Galouye — *Le monde aveugle*
384. Philip K. Dick — *Le roi des elfes*
385. Poppy Z. Brite — *Contes de la fée verte*
386. Mélanie Fazi — *Notre-Dame-aux-Écailles*
387. J. G. Ballard — *Le monde englouti*
388. Jean-Philippe Jaworski — *Gagner la guerre*
390. Stéphane Beauverger — *Le Déchronologue*
391. Robert Charles Wilson — *La cabane de l'aiguilleur*
392. Christopher Priest — *L'Archipel du Rêve*
393. McSweeney's — *Anthologie d'histoires effroyables*
394. Robert Heinlein — *Marionnettes humaines*
395. Norbert Merjagnan — *Les tours de Samarante*
396. Jean-Philippe Depotte — *Les démons de Paris*
397. Stephen Fry — *Le faiseur d'histoire*
398. Kelly Link — *La jeune détective et autres histoires étranges*
399. J.G. Ballard — *Sécheresse*
400. Fabrice Colin — *Comme des fantômes*
401. Ray Bradbury — *Les pommes d'or du soleil*
402. Laurent Genefort — *Mémoria*
403. Maïa Mazaurette — *Rien ne nous survivra*
404. Eoin Colfer — *Encore une chose…* (H2G2, VI)
405. Robert Charles Wilson — *Mysterium*
406. Serge Lehman — *Le Haut-Lieu et autres espaces inhabitables*

| | | |
|---|---|---|
| 407. | Isaac Asimov | *L'homme bicentenaire* |
| 408. | Catherine Dufour | *L'accroissement mathématique du plaisir* |
| 409. | Ian McDonald | *Brasyl* |
| 410. | James Patrick Kelly | *Regarde le soleil* |
| 411. | Alfred Bester | *L'homme démoli* |
| 412. | Jack Vance | *Les chroniques de Durdane* |
| 413. | Alfred Bester | *Terminus les étoiles* |
| 414. | Isaac Asimov | *Cher Jupiter* |
| 415. | Carol Berg | *L'Esclave* (Les livres des rai-kirah, I) |
| 416. | Ugo Bellagamba | *Tancrède* |
| 417. | Christopher Priest | *Le Glamour* |
| 418. | Catherine Dufour | *Outrage et rébellion* |
| 419. | Robert Charles Wilson | *Axis* |
| 420. | Nick DiChario | *La vie secrète et remarquable de Tink Puddah* |
| 421. | Thomas Day | *Du sel sous les paupières* (INÉDIT) |
| 422. | Pierre Pelot | *La guerre olympique* |
| 423. | Jeanne-A Debats | *La vieille Anglaise et le continent* |
| 424. | Karl Edward Wagner | *Kane* (L'intégrale, I) |
| 425. | Karl Edward Wagner | *Kane* (L'intégrale, II) |
| 426. | Karl Edward Wagner | *Kane* (L'intégrale, III) |
| 427. | Jean-Claude Dunyach | *Le jeu des sabliers* |
| 428. | Jean-Michel Truong | *Le Successeur de pierre* |
| 429. | Ray Bradbury | *Un remède à la mélancolie* |
| 430. | Roger Zelazny | *Seigneur de Lumière* |
| 431. | Clifford D. Simak | *Voisins d'ailleurs* |
| 432. | Ian McDonald | *Roi du Matin, Reine du Jour* |
| 433. | Thomas Day | *Sympathies for the devil* |
| 434. | Hal Duncan | *Velum* (Le Livre de Toutes les Heures, I) |

| | | |
|---|---|---|
| 435. | Hal Duncan | *Encre* (Le Livre de Toutes les Heures, II) |
| 436. | Steven Amsterdam | *Ces choses que nous n'avons pas vues venir* |
| 437. | Serge Lehman présente | *Retour sur l'horizon* |
| 438. | Carol Berg | *L'insoumis* (Les livres des rai-kirah, II) |
| 439. | Henri Courtade | *Loup, y es-tu ?* |
| 440. | Lord Dunsany | *La fille du roi des Elfes* |
| 441. | Maurice Leblanc | *Le formidable événement* |
| 442. | John Varley | *Le système Valentine* |
| 443. | Philip K. Dick | *Le dernier des maîtres* |
| 444. | Pierre Pevel | *Les Lames du Cardinal* (Les Lames du Cardinal, I) |
| 445. | George R. R. Martin, Gardner Dozois & Daniel Abraham | *Le chasseur et son ombre* |
| 446. | Loïc Henry | *Loar* |
| 447. | Ray Bradbury | *Léviathan 99* |
| 448. | Clive Barker | *Hellraiser* |
| 449. | Robert Charles Wilson | *À travers temps* |
| 450. | Serge Brussolo | *Frontière barbare* (INÉDIT) |
| 451. | L. L. Kloetzer | *CLEER* |
| 452. | Cédric Ferrand | *Wastburg* |
| 453. | Jean-Claude Marguerite | *Le Vaisseau ardent* |
| 454. | Jean-Philippe Depotte | *Les jours étranges de Nostradamus* |
| 455. | Walter M. Miller Jr. | *L'héritage de saint Leibowitz* |
| 456. | Carol Berg | *Le vengeur* (Les livres des rai-kirah, III) |
| 457. | Philip K. Dick | *Question de méthode* |
| 458. | Leandro Ávalos Blacha | *Berazachussetts* |

459. Alden Bell — *Les faucheurs sont les anges*
460. Pierre Pevel — *L'Alchimiste des Ombres* (Les Lames du Cardinal, II)
461. Xavier Mauméjean — *Rosée de feu*
462. Arkadi et Boris Strougatski — *Stalker*
463. Ian McDonald — *Le fleuve des dieux*
464. Barry Hughart — *La magnificence des oiseaux* (Une aventure de Maître Li et Bœuf Numéro Dix)
465. Serge Brussolo — *Trajets et itinéraires de la mémoire*
466. Barry Hughart — *La légende de la Pierre* (Une aventure de Maître Li et Bœuf Numéro Dix)
467. Jack McDevitt — *Seeker*
468. Glen Duncan — *Moi, Lucifer*
469. Barry Hughart — *Huit honorables magiciens* (Une aventure de Maître Li et Bœuf Numéro Dix)
470. Daniel Polansky — *Le baiser du rasoir*
471. Thomas Geha — *Le sabre de sang*, 1
472. Thomas Geha — *Le sabre de sang*, 2
473. Pierre Pevel — *Le dragon des Arcanes* (Les Lames du Cardinal, III)
474. Alain Damasio — *Aucun souvenir assez solide*
475. Laurent Genefort — *Les opéras de l'espace*
476. Roger Zelazny — *Dilvish le Damné*
477. Thomas Day — *Dæmone*
478. Philip K. Dick — *Ne pas se fier à la couverture*
479. Léo Henry — *Le casse du continuum* (INÉDIT)
480. Frank M. Robinson — *Destination ténèbres*
481. Joël Houssin — *Le Temps du Twist*
482. Jean-Marc Ligny — *La mort peut danser*
483. George R. R. Martin — *Armageddon Rag*
484. Lewis Shiner — *Fugues*

| | | |
|---|---|---|
| 485. | Collectif | *Alternative Rock* |
| 486. | Arnaud Duval | *Les Pousse-pierres* |
| 487. | Christian Léourier | *Le cycle de Lanmeur*, I |
| 488. | Lisa Tuttle | *Ainsi naissent les fantômes* |
| 489. | Pablo de Santis | *La soif primordiale* |
| 490. | Norbert Merjagnan | *Treis, altitude zéro* |
| 491. | Robert Charles Wilson | *Julian* |
| 492. | Patrick Ness | *La voix du Couteau* (Le Chaos en marche, I) |
| 493. | Patrick Ness | *Le Cercle et la Flèche* (Le Chaos en marche, II) |
| 494. | Patrick Ness | *La guerre du Bruit* (Le Chaos en marche, III) |
| 495. | S.G. Browne | *Comment j'ai cuisiné mon père, ma mère… et retrouvé l'amour* |
| 496. | Glen Duncan | *Le dernier loup-garou* |
| 497. | Christian Léourier | *Le cycle de Lanmeur*, II |
| 498. | Mira Grant | *Feed* (Feed, I) |
| 499. | Richard Matheson | *Par-delà la légende* |
| 500. | Dan Simmons | *L'échiquier du mal* |
| 501. | Mira Grant | *Deadline* (Feed, II) |
| 502. | Robert Holdstock | *Avilion* |
| 503. | Graham Joyce | *Lignes de vie* |
| 504. | Mira Grant | *Red Flag* (Feed, III) |
| 505. | Jean-Philippe Jaworski | *Même pas mort* (Rois du monde, I) |
| 506. | Arkadi et Boris Strougatski | *Il est difficile d'être un dieu* |
| 507. | Laurent Genefort | *Omale*, 1 |
| 508. | Laurent Genefort | *Omale*, 2 |
| 509. | Laurent Whale | *Les étoiles s'en balancent* |
| 510. | Robert Charles Wilson | *Vortex* |
| 511. | Anna Starobinets | *Je suis la reine* |
| 512. | Roland C. Wagner | *Rêves de Gloire* |
| 513. | Roland C. Wagner | *Le train de la réalité* |

| | | |
|---|---|---|
| 514. | Jean-Philippe Depotte | *Le chemin des dieux* |
| 515. | Ian McDonald | *La maison des derviches* |
| 516. | Jean-Michel Truong | *Reproduction interdite* |
| 517. | Serge Brussolo | *Anges de fer, paradis d'acier* (INÉDIT) |
| 518. | Christian Léourier | *Le Cycle de Lanmeur*, III |
| 519. | Bernard Simonay | *Le secret interdit* |
| 520. | Jean-Philippe Jaworski | *Récits du Vieux Royaume* |
| 521. | Roger Zelazny | *Les princes d'Ambre* (Cycle 1) |
| 522. | Christopher Priest | *Les insulaires* |
| 523. | Jane Rogers | *Le testament de Jessie Lamb* |
| 524. | Jack Womack | *Journal de nuit* |
| 525. | Ray Bradbury | *L'Arbre d'Halloween* |
| 526. | Jean-Marc Ligny | *Aqua*™ |
| 527. | Bernard Simonay | *Le prince déchu* (Les enfants de l'Atlantide, I) |
| 528. | Isaac Asimov | *Fondation 1* |
| 529. | Isaac Asimov | *Fondation 2* |
| 530. | J. G. Ballard | *La forêt de cristal* |
| 531. | Glen Duncan | *Talulla* |
| 532. | Graham Joyce | *Les limites de l'enchantement* |
| 533. | Mary Shelley | *Frankenstein* |
| 534. | Isaac Asimov | *Les vents du changement* |
| 535. | Joël Houssin | *Argentine* |
| 536. | Martin Millar | *Les petites fées de New York* |
| 537. | Mélanie Fazi | *Le jardin des silences* |
| 538. | Graham Joyce | *Au cœur du silence* |
| 539. | Bernard Simonay | *L'Archipel du Soleil* (Les enfants de l'Atlantide, II) |
| 540. | Christopher Priest | *Notre île sombre* |
| 541. | Bernard Simonay | *Le crépuscule des Géants* (Les enfants de l'Atlantide, III) |
| 542. | Jack Vance | *Le dernier château* |

543. Hervé Jubert *Magies secrètes* (Une enquête de Georges Hercule Bélisaire Beauregard)

544. Hervé Jubert *Le tournoi des ombres* (Une enquête de Georges Hercule Bélisaire Beauregard)

545. Hervé Jubert *La nuit des égrégores* (Une enquête de Georges Hercule Bélisaire Beauregard, INÉDIT)

546. L. L. Kloetzer *Anamnèse de Lady Star*

547. Paul Carta *La quête du prince boiteux* (Chroniques d'au-delà du Seuil, I)

548. Bernard Simonay *La Terre des Morts* (Les enfants de l'Atlantide, IV)

549. Jo Walton *Morwenna*

550. Paul Carta *Le Siège des dieux* (Chroniques d'au-delà du Seuil, II)

551. Arnaud Duval *Les ombres de Torino*

552. Robert Charles Wilson *La trilogie Spin*

553. Isaac Asimov *Période d'essai*

554. Thomas Day *Sept secondes pour devenir un aigle*

555. Glen Duncan *Rites de sang*

556. Robert Charles Wilson *Les derniers jours du paradis*

557. Laurent Genefort *Les vaisseaux d'Omale*

558. Jean-Marc Ligny *Exodes*

559. Ian McDonald *La petite déesse*

560. Roger Zelazny *Les princes d'Ambre* (Cycle 2)

561. Jean-Luc Bizien *Vent rouge* (Katana, I)

562. Jean-Luc Bizien *Dragon noir* (Katana, II)

*Composition : IGS-CP à L'Isle-de' Espagnac (16)*
*Achevé d' imprimer par Novoprint*
*à Barcelone, le 13 mars 2017*
*Dépôt légal : mars 2017*

ISBN : 978-2-07-271120-6/Imprimé en Espagne

**311888**